Marita Berg

Von der Pleite zum Marathon

Marita Berg

# Von der Pleite zum Marathon

„Herstellung und Verlag:

Books on Demand GmbH, Norderstedt"

ISBN: 978-3-8334-9995-1

Dieses Kosmetikstudio im Erfurter Plattenbaugebiet Rieth war mein Kindheitstraum gewesen. Für ihn hatte ich gekämpft und hart gearbeitet und trotzdem war es nach kurzer Zeit aus damit.

Seit meiner Kindheit wollte ich nichts anderes als diesen Beruf haben, in meinem eigenen Studio stehen und dort Frauen verwöhnen. Eine Lehrstelle als Kosmetikerin zu finden, war damals jedoch fast aussichtslos. In der DDR bekam zwar jeder eine Lehrstelle und anschließend auch eine Arbeit und ich hatte die Wahl zwischen Verkäuferin und Sekretärin. Letzteres erschien mir als das kleinere Übel. Im Jahre 1983 begann ich also meine Lehre als Facharbeiterin für Schreibtechnik. Während meiner Lehrzeit entwickelte ich Ehrgeiz. Ich bekam fast nur gute Noten und gehörte in meiner Berufsschulklasse zu den Besten. Besonderen Spaß machten mir die Fächer Stenografie und Maschineschreiben. Es gab Leistungsvergleiche der Lehrlinge innerhalb unserer Schule und auch auf Stadt- und Bezirksebene. Einmal durfte ich sogar mit zu den DDR-Meisterschaften.

Was nützte mir mein Abschluss mit „Sehr gut" – mein Eintritt ins Berufsleben mit gerade mal 18 Jahren war mehr als ernüchternd. Ich hatte das Gefühl, von irgendwelchen launischen Chefs als Handlanger missbraucht zu werden und meine Berufskolleginnen fand ich langweilig und spießig. Zu allem Überfluß war die

Bezahlung meiner Arbeit miserabel. Jede Reinemachfrau
verdiente mehr als ich. Oft kam es mir in den Sinn weiterzulernen,
aber wie und wo? Sollte ich das Abitur nachmachen? Oder reichte
eine Weiterbildung? Lange konnte ich mich nicht entscheiden.

Die Zeit verging und fast über Nacht kam die Wende. Nun sah ich
viele neue Chancen. Dennoch traute ich mich zunächst nicht,
etwas Neues zu wagen. Es war die Rede von Massenentlassungen
und Arbeitslosigkeit. Sei froh, dass du Arbeit hast!, sagten viele.
Ich arbeitete damals in einer Schule. Die Anstellung bot mir ein
sicheres Gehalt und Möglichkeiten, neue Hobbies auszuprobieren
und zu reisen. Ich ging ins Fitnessstudio, trainierte in einer
Ballettgruppe und im Urlaub spielte ich sogar Golf. Die Arbeit
wurde Mittel zum Zweck, das Leben zu genießen und das zu tun,
was ich wirklich gern wollte.

Erst nach Jahren, mit 33, fasste ich endlich Mut und belegte einen
Kosmetik- Fernlehrgang. Die Ausbildung zahlte ich komplett
selbst. Den theoretischen Lehrstoff bearbeitete ich zu Hause und
für die praktischen Seminare musste ich oft an den Wochenenden
nach München fahren. Das war eine wunderschöne Zeit. Ich
genoss die Fahrten nach und die Aufenthalte in München.
Zeitweilig dachte ich sogar daran, dorthin zu ziehen. Nach einem

Jahr schloss ich meine Ausbildung mit „Sehr gut" ab. Ich war überglücklich, kündigte meinen Job und sah mich in Erfurt nach geeigneten Räumlichkeiten für ein eigenes Studio um. Mein Plan war, dort erst einmal genug zu verdienen, um dann weitere Ausbildungen zu machen. Mich reizte die Arbeit in der Filmbranche und so hatte ich schon Pläne, in München eine Ausbildung zur Visagistin zu absolvieren und dann auf freiberuflicher Basis beim Film zu arbeiten.

Jetzt hieß es jedoch erst einmal, in Erfurt etwas auf die Beine zu stellen. Bald fand ich zwei kleine Räume, die mir wie geschaffen für das Vorhaben erschienen. Ich griff auf meine Ersparnisse und einen Dispokredit von 5 000 Mark zurück und eröffnete am 1. September 2001 mein Kosmetik- und Nagelstudio. Damit aber nicht genug: Ich nahm zusätzlich einen Ratenkredit in Höhe von 15 000 DM auf. Das alles nahm ich selbstverständlich in Kauf und war bereit, dafür Opfer zu bringen.

Ich habe mir alles schön vorgestellt. Mit der Zeit holte mich die Realität ein. Trotz intensiver Werbung in der Zeitung, mit Flyern, Werbebriefen und Tagen der Offenen Tür kamen nie genug Kunden. Die wirtschaftliche Lage in Deutschland, vor allem bei uns im Osten, verschlechterte sich zusehends. Kosmetik gehört leider zu den Luxusausgaben. Irgendwann geriet ich in massive Zahlungsschwierigkeiten. Ich konnte meine Rechnungen erst schleppend und später oft überhaupt nicht bezahlen. Als ich mit der Studiomiete in Zahlungsverzug geriet, wurde es richtig unangenehm. Nun stand meine wirtschaftliche Existenz auf dem Spiel. Schließlich war ich mit zwei Mieten im Rückstand.

Mein Vermieter kündigte mir zum 31. Mai 2003 und den haben wir heute. Knapp zwei Jahre war ich Kleinunternehmerin. Von meinem Optimismus und meiner Tatkraft war nicht viel übrig geblieben. Was wunder, ich fühlte mich mies, verzweifelt und hoffnungslos. Für mein Studio hatte ich sowohl meinen Job als auch meine kleine Nebenbeschäftigung an der Volkshochschule aufgegeben.

Schon in den letzten Wochen habe ich versucht, einige meiner Einrichtungsgegenstände zu verkaufen. Heute musste ich nun die letzten Dinge ausräumen und das Studio 15 Uhr meinem Vermieter übergeben. Ich konnte nur noch heulen.

Nach dem Mittagessen wurde es Zeit, mich auf den Weg Richtung Kosmetikstudio zu machen. Von meiner Wohnung bis dorthin waren es 20 Minuten Fußweg. Diese Strecke bin ich meist gelaufen, nur ganz selten habe ich die Straßenbahn benutzt. So auch heute nicht. Ich brauchte einfach frische Luft.

Vor meinem Studio angekommen, stand ich vor der Tür, schloss auf und gelangte in die fast leeren Räume. Viel Zeit blieb mir nicht mehr bis 15 Uhr. Die wollte ich auch gar nicht haben. Wenn schon Abschied, dann nicht so lang und schmerzlich.

14.45 Uhr: Es klingelte an der Tür. Mein Vermieter hatte es aber eilig, mich

loszuwerden! Nicht einmal die Zeit bis 15 Uhr ließ er mir. Ich schlich zur Tür. Es war jedoch nicht der Vermieter, sondern schon der Taxifahrer. Ich erklärte ihm, dass er alles, was hier noch herumstand, in meine Wohnung transportieren und mich mitnehmen sollte. Es würde jedoch noch bis 15 Uhr dauern, ehe der Vermieter käme.

Der Taxifahrer fasste Mitleid. Kein Wunder, es sah ja auch jeder, was hier los war. So sagte ich ohne Umschweife: „Ich muss heute das Studio schließen, ich bin pleite." "Ach, du großer Gott" erwiderte der Mann entsetzt. Ich hätte ja durchaus auch drum herum reden können und sagen, dass ich mit meinem Geschäft woanders hinziehe oder so ähnlich. Für einen Taxifahrer muss das auch etwas Besonderes sein, ich glaube nicht, dass er jeden Tag Zeuge einer Geschäftsaufgabe wird. Schweigend schnappte er sich meine Sachen und verstaute sie im Taxi.

Exakt um 15 Uhr stand der Vermieter vor der Tür. So richtig herablassend sah er mich an. Er gab mir damit auch ohne Worte zu verstehen, was er in diesem Moment von mir hielt. Leiden konnte ich zwar diesen arroganten Fatzke nie, habe mich aber immer irgendwie mit ihm arrangiert. Jetzt ließ er so richtig die Maske fallen. Ich sah ihm an, dass er mich in diesem Moment für eine komplette Versagerin hielt.

Schließlich hatte er gehofft, dass dieses Studio floriert und ich hatte nichts besseres zu tun, als pleite zu gehen. Schweigend ging der Mann umher und sah sich überall um, ob auch wirklich alles leer geräumt war. Dann gab er mir ein Formular, auf dem ich die Schlüsselübergabe quittieren sollte. „Hier unterschreiben, bitte" sagte er

harsch. Ich zückte meinen Stift. Nur fort hier! Ich ging zum Taxi. Hoffentlich schweigt mich der Fahrer nicht die ganze Zeit an, ging es mir durch den Kopf. Er soll irgendetwas sagen, egal was. Notfalls müssen wir uns eben über das Wetter unterhalten. Es kam jedoch anders. Der Mann versuchte, mir Mut zu machen. Ich solle den Kopf nicht hängen lassen, immer wieder öffnen sich neue Türen, und so weiter, und so weiter. Trotzdem, es tat mir gut, ich hoffte inständig, er hätte Recht. „Bekommen Sie kein Arbeitslosengeld?" fragte er schließlich. Das hielt ich nicht für möglich, als Selbstständige ginge ich damit sicher leer aus.

*

Seit nun schon zwei Wochen sitze ich zu Hause in meiner kleinen 1-Raum-Wohnung und hadere mit der Welt. Immerhin, die Wohnung ist mir geblieben. Wenn ich durch Erfurt gehe, fallen mir in letzter Zeit immer mehr Obdachlose und Bettler auf. Ich glaube, deren Zahl hat zugenommen. Vielleicht nehme ich sie aber auch nur bewusster wahr. Früher waren das für mich Wesen aus einer anderen Welt, heute ist mir klar, dass ich durchaus auch bald dazugehören könnte.

Früh schlafe ich bis 9 oder 10 Uhr. Dann frühstücke ich in Ruhe. So gegen 11 gehe ich zum Briefkasten und hole meine Post. Ich wohne in der 5. Etage. Meist gehe ich zu Fuß hinunter, fahre dann aber mit dem Fahrstuhl wieder hinauf. Währenddessen sehe ich die Post schon einmal durch. Die beschränkt sich in letzter Zeit immer häufiger auf Mahnungen für unbezahlte Rechnungen, Schreiben von Anwälten und Inkassobüros meiner zahlreichen Gläubiger. Jeden Tag frage ich mich: „Werde ich überhaupt jemals zahlen können?" Ich bin schon froh, wenn der Postbote nicht bei mir klingelt und mir ein Einschreiben in Form eines Mahn- oder Vollstreckungsbescheides bringt.

Mein Bargeld geht langsam zur Neige. Ich habe zwar noch zu essen, aber dafür Miet-, Strom- und Telefonschulden. Eines Tages wird sicher auch der Gerichtsvollzieher bei mir vor der Tür stehen. Im Prinzip muss ich jederzeit damit rechnen. Nachts bin ich deshalb schon von Alpträumen geplagt. Manchmal rufen Gläubiger bei mir an und wollen wissen, wann sie ihr Geld bekommen. Ich muss sie vertrösten, denn momentan kann ich nichts zahlen, nicht einen Cent.

Gegen Mittag halte ich es zu Hause nicht mehr aus und fahre in die Erfurter Innenstadt, um mich abzulenken und Menschen zu sehen. Der Trubel dort tut mir gut. Er gibt mir das Gefühl, doch noch irgendwie dazuzugehören.

In unserem Wohngebiet ist nicht mehr viel los. Alles erscheint trostlos. Neben den Wohnblocks gibt es nur noch ein paar heruntergekommene Kneipen und billige Supermärkte. Früher, zu DDR-Zeiten, als die Plattenbauten noch Neubauten hießen, galten diese als etwas ganz Besonderes. Fernheizung und immer fließend warmes Wasser, das war eben Luxus. Heute sind solche Wohngebiete verrufen. Hier wohnen die Asozialen, so heißt es immer. Jeder, der es sich leisten konnte, ist inzwischen ausgezogen, entweder in eine bessere Wohngegend oder gar in ein eigenes Haus. Nur Arbeitslose, Sozialfälle, Arbeiter, gewalttätige Jugendliche und Gestrauchelte aller Art wohnen heute hier. Eigentlich passe ich jetzt genau hierher. Ich wohne in einem 11-geschossigen Wohnblock. Es macht keinen Spaß mehr, in unserem Wohngebiet spazieren zu gehen, vor allem abends nicht, wenn überall besoffene Jugendliche herumstehen. Da muss man froh sein, nicht angepöbelt oder belästigt zu werden. Immer wenn es möglich ist, steige ich in die Straßenbahn und fahre in schönere Ecken von Erfurt.

Seit den neunziger Jahren hat sich hier viel getan. Alte Fachwerkhäuser wurden saniert wie andere Bauwerke auch. Viele neue Läden sind entstanden. Wir haben zahlreiche Kirchen, allen voran den Mariendom, die das Stadtbild prägen. Eigentlich lebe ich gern hier.

Ich schlendere oft stundenlang durch die Läden und Buchhandlungen, vor allem rund um unsere Haupteinkaufsmeile, den Anger. Wenn es mein Budget erlaubt, gehe ich nachmittags in ein Café. Dies ist aber in letzter Zeit immer seltener der Fall und momentan ist es absolut utopisch. Ich muss jeden Cent, ja wirklich jeden Cent, sparen. Wenn ich aus der Stadt zurückkomme, ist es meist Nachmittag. Dann vertreibe ich mir die Zeit mit diversen Talkshows und Nachmittagsserien im Fernsehen. Früher habe ich die Kiste nie vor 20 Uhr angemacht, es sei denn, mich interessierte etwas Bestimmtes.

Gegen Abend gehe ich meist noch einmal raus. Dann fahre ich ein paar Stationen mit der Straßenbahn zum Thüringenpark, einem riesigen Einkaufszentrum am Nordrand von Erfurt. Kaufen kann ich mir auch hier nichts. Trotzdem schlendere ich dort meist bis zum Ladenschluss um 20 Uhr herum und fahre dann wieder heim. Abends sitze ich wieder vor dem Fernseher oder grüble, wie es mit mir weitergehen soll. Ins Bett gehe ich meist zwischen 24 und 1 Uhr. In letzter Zeit schlafe ich schlecht. Oft wache ich mitten in der Nacht wieder auf und male mir meine Zukunft in den schwärzesten Farben aus. Ich bin jetzt 36 und für viele Jobs schon zu alt. Auch für eine Sekretärin. Kosmetikerinnen werden gar nicht erst gesucht, dieser Beruf ist mehr auf Selbstständigkeit ausgerichtet. Da habe ich nun zwei Berufe und kann trotzdem nichts damit anfangen.

*

Heute ist der 1. Juli und ich müsste meine Miete zahlen. Daran ist jedoch nicht zu denken, genauso wie schon in den letzten beiden Monaten. Mein Vermieter wäre jetzt berechtigt, mir meine Wohnung fristlos zu kündigen. Zur Zeit lebe ich deshalb in ständiger Angst davor, dass ich bald auf der Straße sitzen könnte. Ich brauche dringend Geld. Deshalb habe ich mich entschieden, heute zum Arbeitsamt zu gehen. Vielleicht steht mir ja doch Arbeitslosengeld zu.

Gegen 9 Uhr mache ich mich auf den Weg. Während ich in der Straßenbahn sitze, geht mir alles Mögliche durch den Kopf. Was wird mich erwarten? Werden sie Arbeit für mich haben? Muss ich an Weiterbildungen oder Trainingsmaßnahmen teilnehmen? Oder bin ich gar nicht mehr vermittelbar?

Ich steige am Arbeitsamt aus, stehe vor diesem riesigen Gebäudekomplex und frage mich, warum die hier in Erfurt so ein großes Arbeitsamt hingebaut haben. Ist das ein Zeichen dafür, dass sich mit einer gewissen Zahl Arbeitsloser auf Dauer abgefunden wird?

Zuerst muss ich zur Anmeldung und mich registrieren lassen. Dort angekommen, stelle ich mich in die Warteschlange. Es sind noch 4 Leute vor mir. Nach 10 Minuten bin ich dann an der Reihe.

„Guten Tag, ich möchte mich arbeitslos melden" sage ich zu der Sachbearbeiterin an der Anmeldung. Mir wird ein Formular gereicht, das ich ausfüllen und dann bei ihr wieder abgeben soll. Es geht vor allem um meinen bisherigen beruflichen Werdegang, um feststellen zu können, welche Angebote für mich infrage kommen. Sofort fülle ich das Formular aus und nehme anschließend im Wartezimmer Platz. Nun sitze ich da und warte und warte und warte.

Nach einer knappen Stunde werde ich endlich aufgerufen. Meine zuständige Arbeitsvermittlerin ruft mich in ihr Zimmer. Sie macht einen sehr freundlichen Eindruck und fordert mich sogleich auf, Platz zu nehmen. Dann wirft sie einen Blick auf mein Anmeldeformular und nimmt mir jegliche Illusionen. Sie sagt sofort, dass ich kein Arbeitslosengeld bekommen kann. „Warum nicht?" frage ich. „Sie haben ein festes Arbeitsverhältnis gekündigt und sich unmittelbar danach selbstständig gemacht, da haben Sie leider keinerlei Ansprüche auf Arbeitslosengeld. Selbstständige, die ihre Tätigkeit aufgeben, können diese Leistung nur in Anspruch nehmen, wenn sie unmittelbar vor Aufnahme der Selbstständigkeit arbeitslos waren" erklärt mir die Arbeitsvermittlerin. Das war es dann wohl. Nicht ganz. „Auch wenn Sie kein Arbeitslosengeld beziehen, können Sie sich gern bei uns als Arbeit suchend registrieren lassen" werde ich sogleich aufgeklärt. Das nehme ich dankbar an. Wenigstens etwas. Ich bekomme auch gleich ein Stellenangebot. Es ist eine Sekretärinnenstelle in Gotha. Da müsste ich jeden Tag mit der Bahn fahren. Dies wäre jedoch kein Hinderungsgrund, da die Verbindungen von Erfurt nach Gotha sehr gut sind. Ich werde mich sofort bewerben. Erstmals seit Wochen schöpfe ich wieder Hoffnung. Gut gelaunt fahre ich nach Hause.

*

Ich habe mich vor einigen Tagen auf die ausgeschriebene Sekretärinnenstelle in Gotha beworben und warte noch auf Antwort. Weitere Jobangebote habe ich noch nicht erhalten. Mein Bargeld geht langsam zur Neige. So kann es nicht weitergehen, es muss schnellstmöglich etwas passieren.

Ich werde heute zum Sozialamt gehen. Mein Wecker klingelt um Punkt 6 Uhr. Ich will gleich früh dort sein, wenn die Sprechzeit beginnt.

Nach dem Frühstück mache ich mich auf den Weg. Es ist richtig ungewohnt, so früh aus dem Haus zu gehen. Das mache ich zur Zeit nur, wenn ich auf irgendeine Behörde muss, ansonsten schlafe ich meist bis 10 Uhr. Warum soll ich auch so früh aufstehen? Da erscheint mir der Tag noch länger und alles trostloser, als es sowieso schon ist.

Mit der Straßenbahn fahre ich ins Zentrum bis zum Anger. Von dort muss ich noch ein Stück in Richtung Bahnhof laufen und dann in den Juri-Gagarin-Ring einbiegen.

Je näher ich dem Sozialamt komme, umso nervöser werde ich. Was ist, wenn die mir doch keine Sozialhilfe geben? Nein, daran will ich gar nicht denken. Auf dem Arbeitsamt wurde mir gesagt, ich sei in einer Notlage und dann müssten die mir auch helfen. Da will ich einmal davon ausgehen, dass das stimmt.

Ich stehe vor dem Sozialamt. Es ist ein älteres, aber gut erhaltenes Gebäude. Dieses Haus hat sicher in seiner Geschichte schon erfreulichere Dinge beherbergt als ein Sozialamt.

Als ich die Eingangstür öffne, schlägt mein Herz bis zum Hals. Jetzt kommt die Stunde der Wahrheit. Ich sehe verschiedene Hinweisschilder. Eines ist der Wegweiser für „Nichtsesshafte", wie die Obdachlosen im vornehmen Jargon genannt werden. Ein weiteres Schild fällt mir auf: „Das Mitbringen von Hunden ist verboten!"

Dies zeigt, dass etwas dran zu sein scheint an der Behauptung, dass der Hund so etwas wie ein „Statussymbol" des Sozialhilfeempfängers ist. Warum auch nicht?

Wenn man schon auf der untersten Stufe der sozialen Hierarchieleiter gelandet ist, möchte man jemand haben, der noch weiter unten steht. Dem Hund kann man Befehle erteilen und wenn er gut erzogen ist, gehorcht er sogar. Vielleicht sollte ich mir auch einen anschaffen. Da hätte ich eine Aufgabe, da wäre jemand, für den ich sorgen könnte und der meiner Zuwendung bedarf. Ich käme mir nicht mehr so nutzlos vor. Bald finde ich die für mich zuständige Sachbearbeiterin. Der Warteflur ist voll mit Menschen. Das sind ab jetzt meine Schicksalsgenossen. Ich stelle fest, dass die meisten ganz normal aussehen, gar nicht so heruntergekommen, wie ich dachte. Jetzt bin ich eine von denen, die draußen als Asoziale und Penner bezeichnet werden, die nicht arbeiten wollen und dem braven Steuerzahler auf der Tasche liegen.

Ich warte eine halbe Stunde. Eine Sachbearbeiterin stellt sich als Frau Adam vor. Sie fragt mich, warum ich nicht eher gekommen sei. „Ich habe mich geschämt" erwidere ich. Natürlich kennt die Sachbearbeiterin das, sie gibt sich Mühe, mir meine Vorbehalte zu nehmen. Ob sie hier mit allen so redet? Oder sehe ich nur noch einigermaßen zivilisiert aus? Sie versichert mir jedenfalls, dass ich als Bürgerin Anspruch auf Unterstützung habe. „Gehen Sie nach Hause und füllen Sie den Antrag aus", sagt sie immer noch freundlich. Sie sei abends bis 18 Uhr da und könne sofort eine Barauszahlung veranlassen.

Mit 200 Euro muss ich nun bis zum Ende des Monats auskommen. Jeweils zum Ersten des Folgemonats bekomme ich künftig Geld auf mein Konto überwiesen. Wer kein Konto hat, muss es sich bar an der Kasse abholen. Ich bekomme das Geld für die Miete sowie 280 Euro zum Leben. Hiervon muss ich auch die Strom- und Telefonrechnung bezahlen. Von den Rundfunk- und Fernsehgebühren kann ich mich auf Antrag befreien lassen. Zweimal im Jahr, im April und Oktober, gibt es zudem Kleidergeld. Zusätzlich kann ich noch einmalige Beihilfen, z.B.

bei unbedingt notwendigen Reparaturen oder Neuanschaffungen, beantragen. Mein Überleben ist gesichert und ich bin erleichtert, dass mir geholfen wurde. Ein Zuckerschlecken ist es nicht, mehr als das Allernötigste werde ich mir nicht leisten können und an Schuldenrückzahlung ist nicht zu denken. Was mit meinen ca. 800 Euro Mietschulden wird, weiß ich nicht. Ich hätte Frau Adam fragen können, aber dazu fehlte mir einfach der Mut.

*

Ich bin sehr froh, Sozialhilfe beantragt zu haben. So ist wenigstens das Allernötigste zum Überleben gesichert.

Jetzt brauche ich Arbeit. Deshalb habe ich einen intensiven Aktionsplan zur Jobsuche entwickelt. Montags, mittwochs und freitags stelle ich mich bei Zeitarbeitsfirmen vor. Dienstags und donnerstags werde ich mich auf dem Arbeitsamt informieren. Mittwochs und sonntags studiere ich die Stellenanzeigen in den kostenlosen Stadtzeitungen und samstags kaufe ich mir die Tageszeitung.

Zusätzlich durchsuche ich die Gelben Seiten nach passenden Firmen, bei denen ich mich bewerben kann.

Viele Arbeiten kann ich mir vorstellen. In erster Linie Büroarbeiten, aber auch Callcenter, Verkäuferin oder Putzjobs. Ich bin sogar bereit, mehr als 8 Stunden täglich zu arbeiten. Am liebsten wären mir mehrere Minijobs. So könnte ich verschiedene Branchen kennen lernen und mein Arbeitsalltag wäre nicht so eintönig. Irgendwann möchte ich gern wieder selbstständig sein. Ich bin nach wie vor fasziniert von dem Gedanken, mein eigener Chef zu sein. Warum nicht einen zweiten Versuch mit einer anderen Idee starten?

Ich sitze am Frühstückstisch, da klingelt es an der Tür. Wer will jetzt etwas von mir? Ist es der Postbote? Das ist noch zu früh, es ist erst 9 Uhr und die Post ist nie vor 10 oder 11 Uhr da.

Ich schleiche zur Tür und schaue durch meinen Spion. Dort draußen steht eine

fremde Frau. Ich öffne die Wohnungstür. Die Frau stellt sich mir als Frau Schubert vor und fragt, ob ich Frau Marita Berg sei. „Ja, die bin ich" antworte ich. Frau Schubert sagt: „Ich bin Gerichtsvollzieherin, kann ich hereinkommen?" Jetzt ist alles aus, denke ich. Ich bitte sie in meine Wohnung und warte ängstlich auf das, was jetzt kommen wird. „War schon einmal ein Gerichtsvollzieher bei Ihnen?" will Frau Schubert wissen. „Nein, Sie sind die Erste" antworte ich. Irgendwie passt sie so gar nicht in das Bild von einem Gerichtsvollzieher. Erstens habe ich einen Mann erwartet und zweitens einen, der sehr streng und unbarmherzig ist. Frau Schubert wirkt auf mich eher wie eine Sozialarbeiterin. „Ich muss Ihnen ein paar Fragen zu Ihren aktuellen Lebensverhältnissen stellen" fährt sie dann fort. „Wie groß ist Ihre Wohnung?" Ca. 33 Quadratmeter. Sie notiert dies in ihrem Protokoll und stellt mir dann weitere Fragen. „Haben Sie ein Auto? Besitzen Sie wertvolle Gegenstände oder Antiquitäten? Wie hoch ist Ihr Einkommen?"

Ich bin erleichtert, als Frau Schubert schließlich sagt: "Ich stelle fest, bei Ihnen ist nichts zu holen." „War es das jetzt schon?" frage ich. „Nein, in diesem Falle haben zwei Ihrer Gläubiger von Ihnen die Abgabe der Eidesstattlichen Versicherung verlangt." „Ich soll Offenbarungseid leisten?" frage ich empört. „Was passiert denn, nachdem ich diese Eidesstattliche Versicherung abgegeben habe?" Frau Schubert klärt mich auf. „Die Eidesstattliche Versicherung ist ein Beleg dafür, dass Sie momentan zahlungsunfähig sind. Dies steht jedoch nicht in der Zeitung und wird auch nicht im polizeilichen Führungszeugnis vermerkt. Das Einzige ist, dass Sie für 3 Jahre im Schuldnerverzeichnis des Amtsgerichts geführt werden. Wenn es Ihnen jedoch gelingt, die Schulden eher zurückzuzahlen, wird der Eintrag gelöscht. Außerdem können Sie bei keiner Bank mehr einen Raten- oder Dispokredit bekommen und auch keine Ratenzahlungen bei größeren Anschaffungen vereinbaren. Eine ec-Karte bekommen Sie auch nicht mehr." Dann will Frau Schubert wissen, ob ich die Eidesstattliche Versicherung jetzt gleich oder zu einem späteren Zeitpunkt abgeben möchte. Spontan entscheide ich mich für die erste Variante. Unangenehme Dinge, die ich nicht vermeiden kann, erledige ich lieber gleich.

„Kann man wegen Schulden auch ins Gefängnis kommen?" frage ich dann. Dies beschäftigt mich schon lange und hat mir so manche schlaflose Nacht bereitet. Frau Schubert nimmt mir sofort meine Bedenken. „Nein, wegen Schulden kommen Sie nicht ins

Gefängnis, Überschuldung an sich ist nicht strafbar. Sie könnten nur in Haft kommen, wenn Sie sich weigern, die Eidesstattliche Versicherung abzugeben, darin falsche Angaben machen oder wenn Sie eine Straftat begehen." Abschließend will Frau Schubert wissen, ob ich schon einmal bei einer Schuldnerberatung war. Ich verneine dies. „Das sollten Sie schnellstmöglich nachholen" rät sie mir.

*

Heute zieht es mich wieder in die Erfurter Innenstadt. Es ist meine Lieblingsbeschäftigung, stundenlang durch die Läden zu bummeln. Besonders gern gehe ich in eine der drei großen Buchhandlungen am Anger. Dort stöbere ich oft sehr lange in den verschiedensten Büchern und Zeitschriften.

Ich gehe in die Zeitschriftenabteilung, stehe vor dem Regal und mustere das vielseitige Angebot, angefangen von den Klatschzeitungen bis hin zu gehaltvoller Lektüre.

Unter den Sportzeitschriften fällt mir das Titelblatt einer Laufzeitschrift auf. Es geht dort um Menschen, die durch das Laufen aus persönlichen Krisen wie z.B. Ehescheidungen oder beruflichen Problemen herausgefunden haben. Sogar über eine Frau, die den Krebs besiegt hat und jetzt dreimal pro Woche 10 Kilometer läuft, wird berichtet. Wie gefesselt lese ich diese Artikel. Das ist so interessant, das kann ich unmöglich alles hier in der Buchhandlung lesen. Es gibt zwar überall Sitzecken und Sofas, die zum Verweilen einladen, aber die ganze Zeitschrift hier lesen, das dauert dann doch zu lange. 5 Euro kostet sie. Soll ich sie kaufen? Das ist sehr viel Geld für mich. Schließlich entscheide ich mich zum Kauf.

Ich kann es kaum erwarten, zu Hause weiter zu lesen.

Ich lese und lese und lese. Immer mehr Erinnerungen kommen

hoch.

Zwischen meinem 12. und 17. Lebensjahr war ich eine erfolgreiche Läuferin.

Bevor ich mit dem Sport anfing, war ich körperlich eher schwach und sehr schüchtern. Auch meine schulischen Leistungen waren nur mittelmäßig. Ich hatte nur wenige Freunde, die meisten nahmen mich nicht ernst, trauten mir nichts zu und von einigen wurde ich sogar gehänselt.

Nachdem ich in der 6. Klasse einen Crosslauf gewann, änderte sich vieles. Meine Sportlehrerin und meine Mitschüler zollten mir Anerkennung für meine tolle Leistung. Einige bewunderten mich sogar. Kurz darauf fragte mich meine Sportlehrerin, ob ich nicht Lust hätte, mehr aus meinem Talent zu machen und regelmäßig in einem Leichtathletikverein zu trainieren. Ich sagte zu und verbrachte von diesem Zeitpunkt an fast meine gesamte Freizeit beim Training.

Ich war in einer Trainingsgruppe mit 3 anderen Mädchen meines Alters. Mit ihnen verstand ich mich sehr gut und hier bekam ich die Anerkennung, die mir in der Schule meist versagt blieb.

Ich gewann unzählige Medaillen bei Crossläufen auf Schul-, Kreis- und Bezirksebene sowie bei Kreis- und Bezirksspartakiaden der DDR. Meine Spezialstrecken waren die

800 m und die 1 500 m.

Der Sport gab mir Selbstvertrauen. Ich lernte an mich und meine Fähigkeiten zu glauben und um Erfolge zu kämpfen. Dies wirkte sich auch auf andere Lebensbereiche positiv aus.

Lässt sich so etwas wiederholen? Soll ich es noch einmal mit dem Laufen versuchen?

*

Der Alltag mit Sozialhilfe ist alles andere als rosig. Ich wusste, dass ich sparen muss, aber so schlimm habe ich es mir nicht vorgestellt.

Für das Essen bleiben mir durchschnittlich 3 Euro pro Tag. Einmal in der Woche gehe ich zu Aldi und kaufe ein. Auf Qualität kann ich nicht achten, es geht nur darum, dass der Magen gefüllt ist. Beim Bäcker gibt es ein ganzes Mischbrot für 80 Cent. Ich trinke nur noch Kräutertee oder Leitungswasser. Einen kleinen Luxus gönne ich mir allerdings: 4 – 6 Tassen Kaffee pro Tag. Auf alles kann ich verzichten, nur nicht auf meinen Kaffee. Mittags gibt es Tiefkühlpizza. Früh und abends esse ich oft nur Butterbrot und hin und wieder leiste ich mir auch einmal Leberwurst oder Salami. Bei Kosmetik und Körperpflege sieht es nicht anders aus. Seife kaufe ich für 25 Cent,

Duschgel für 69 Cent, Toilettenpapier für 49 Cent. Inzwischen weiß ich genau, wo es die billigsten Angebote gibt. Genau dort kaufe ich dann ein.

Ich stelle fest, dass die „Nahrungssuche" für einen Sozialhilfeempfänger so richtig viel Zeit in Anspruch nimmt. Den billigsten Laden zu suchen, das erfordert Zeit. So kann es schon einmal passieren, dass Dinge, die Berufstätige so ganz nebenbei erledigen, bei mir zur Tagesaufgabe werden.

Noch ahne ich nicht, dass neue Herausforderungen auf mich

zukommen.

In der Post liegt ein Brief von den Stadtwerken. Falls ich nicht innerhalb von 14 Tagen meine Zahlungsrückstände vollständig begleiche, wollen die mir den Strom abstellen.

Dies ist jedoch erst der Anfang. Am frühen Nachmittag gehe ich zum Geldautomaten der Sparkasse, um 20 Euro von meinem Konto abzuheben. Dieses Geld muss dann bis zum 31. reichen. Ich stecke meine Karte in den Automaten und tippe meine Geheimzahl ein. Bald würde die Aufforderung kommen, den gewünschten Geldbetrag einzugeben und kurz danach könnte ich ihn entnehmen. Heute ist es jedoch anders. Meine Karte steckt im Automaten fest und es kommt keine Reaktion. Ist da ein technischer Defekt? Ich werde nervös. Verdammt, irgendwann muss dieser Automat doch reagieren. Das tut er schließlich auch. Es erscheint eine Anzeige auf dem Bildschirm: „Ihre Karte wurde einbehalten, bitte wenden Sie sich zu den Öffnungszeiten an Ihr Kreditinstitut." Das gibt es doch nicht! Was soll das denn? Zum Glück kann ich das gleich klären, denn die Bank hat noch geöffnet. Ich reihe mich in die Schlange am Schalter ein. Dort warten noch 3 Personen vor mir. Es geht und geht jedoch nicht voran. Ich halte es bald nicht mehr aus. Wenn ich doch endlich Gewissheit hätte! Endlich bin ich an der Reihe. Die

Bankangestellte begrüßt mich freundlich. Ich trage ihr mein Anliegen vor, sie sieht kurz im Computer nach und in dem Augenblick verfinstert sich ihre Miene. Sie sagt: „Wir haben Ihre Karte gesperrt, einer Ihrer Gläubiger hat Ihr Konto gepfändet. Es tut mir leid, wir können Ihnen so lange kein Geld auszahlen, bis das Konto wieder freigegeben wird." Das es ihr leid tut bezweifle ich sehr. „Was soll ich denn jetzt machen?" frage ich sie verzweifelt. „Das weiß ich doch nicht, klären Sie das mit Ihrem Gläubiger" fährt sie mich an. Das darf nicht wahr sein. „Wovon soll ich leben, wenn ich kein Geld mehr bekomme?" frage ich. Auch auf diese Frage reagiert die Bankangestellte nur mit einem eiskalten,

verachtenden Blick und einem Achselzucken. Warum auch nicht? Anständigen, rechtschaffenen Menschen passiert so etwas nicht. Die haben ihre Finanzen im Griff.


Völlig verzweifelt laufe ich nach Hause. Dort sehe ich mir meine Restbestände an Bargeld und Lebensmitteln an. Ich finde: ein ganzes Brot, ein Stück Butter, 6 Teebeutel und 3,50 Euro. Das ist immerhin etwas. Verhungern oder verdursten werde ich in den nächsten Tagen nicht. Wie es dann weitergehen soll, weiß ich jedoch nicht.

Ich gehe zum Telefon und wähle die Nummer von Frau Adam.

Kurz danach meldet sie sich. Ein Glück! Ganz aufgeregt erzähle ich ihr, was mir gerade passiert ist. Frau Adam ist freundlich wie immer und tut alles, um mich zu beruhigen. Sie bietet mir an, heute noch bei ihr vorbeizukommen, obwohl sie keine Sprechstunde hat. Ich solle mich beim Pförtner melden, der würde mich dann hereinlassen. Sofort mache ich mich auf den Weg. Eine halbe Stunde später sitze ich bei Frau Adam im Sprechzimmer. „Wovon soll ich leben, wenn mir die Bank meine Sozialhilfe nicht auszahlt?" frage ich sie. Dann erklärt mir Frau Adam die aktuelle Rechtslage.

„Sozialleistungen, die auf dem Konto eingehen, sind innerhalb von 7 Tagen unpfändbar." In dieser Zeit muss ich das Geld komplett vom Konto abheben. Lasse ich jedoch diese Frist verstreichen, wird meine Sozialhilfe gepfändet und geht an den Gläubiger. Bei Arbeitseinkommen verhält es sich etwas anders. Wenn ich dies hätte, müsste ich zum Amtsgericht und dort eine Freigabe des Geldes bis zur Pfändungsfreigrenze beantragen.

Anschließend erzähle ich Frau Adam von meinen Stromschulden. Sie sagt, ich solle ihr das Schreiben von den Stadtwerken bringen und einen Antrag auf Übernahme dieser Schulden stellen. „Geht das denn?" frage ich ungläubig. „Ja, aber derartige Schulden werden nur einmal übernommen und Sie müssen sich verpflichten, künftig die fälligen Raten pünktlich zu zahlen und mir dies auch nachweisen." Dann will ich wissen, ob auch andere Schulden vom Sozialamt übernommen werden können. „Nur Miet- und Stromschulden" sagt Frau Adam. Mietschulden wären jetzt das Stichwort. Ich ziehe es jedoch auch heute vor, zu diesem Thema zu schweigen.

„Wie viele Schulden haben Sie denn, Frau Berg?" will Frau Adam wissen. „Keine Ahnung" antworte ich, „bei mir zu Hause stapeln sich die Mahnungen und ich weiß nicht, wie ich das alles jemals bezahlen soll." „Waren Sie schon einmal bei einer Schuldnerberatung?" fragt Frau Adam. „Nein, bis jetzt noch nicht" erwidere ich. „Ich hoffe, bald wieder Arbeit zu finden und ich will es allein schaffen."

Dies bewertet Frau Adam positiv, rät mir jedoch, nicht auf eine qualifizierte und kompetente Beratung zu verzichten.

*

Diesen 4. August 2003 werde ich sicher nie vergessen. Kurz nach 10 Uhr bringt mir meine Postbotin ein Einschreiben. Es stammt von meinem Vermieter. Ich reiße es auf und lese: Kündigung! In dem Schreiben werde ich aufgefordert, meine Wohnung in den nächsten 2 Wochen zu räumen und meinem Vermieter herauszugeben, andernfalls muss ich mit der Räumungsklage rechnen.

Ich kann keinen klaren Gedanken mehr fassen. In Panik schnappe ich mir meine Tasche, schließe die Tür ab und renne zur Straßenbahn. Ich glaube, so verzweifelt wie in diesem Moment war ich noch nie. Alles würde ich dafür geben, meine Wohnung zu retten und wenn ich wochen- und monatelang von Wasser und Brot leben müsste.

Auf dem Weg zur Straßenbahn remple ich eine Frau mit 2 Einkaufstaschen. „Können Sie nicht aufpassen?" faucht sie mich an. „Nein, das kann ich nicht" schreie ich zurück. „Frech werden Sie auch noch!" entgegnet mir die Frau. Ich beschließe, die Situation nicht weiter eskalieren zu lassen. Ich habe ganz andere Sorgen und muss schnell weiter.

An der Straßenbahnhaltestelle angekommen, trete ich nervös von einem Bein auf das andere. Verdammt noch mal, wann kommt denn endlich diese blöde Bahn?! Nach ein paar Minuten, die mir wie eine Ewigkeit vorkommen, fährt endlich eine Straßenbahn vor. Ich steige ein und komme auch dort nicht zur Ruhe. „Wollen Sie sich setzen?" fragt eine Frau und bietet mir den Sitzplatz neben sich an. „Nein, danke" antworte ich. Das ist wirklich lieb gemeint, aber ich kann jetzt nicht still sitzen.

Endlich am Anger angekommen, steige ich aus und renne zum Sozialamt. Völlig außer Atem komme ich nach wenigen Minuten dort an. Hoffentlich ist Frau Adam da. Ansonsten drehe ich heute noch durch. Ich renne die Treppen hoch bis zu ihrem Sprechzimmer. Unendlich erleichtert bin ich, als ich durch die Tür ihre Stimme höre.

Ich setze mich auf einen freien Platz im Wartezimmer, um kurz darauf wieder aufzustehen.

Dann geht die Tür auf und Frau Adam kommt aus ihrem Zimmer. Ich stürme auf sie zu. „Was ist denn mit Ihnen los?" fragt sie mich. Ich stottere herum: „Mir wurde heute die Wohnung gekündigt, ich weiß nicht mehr weiter!" Frau Adam schafft es auch diesmal, mich zu beruhigen und mir Mut zu machen. „Es ist noch lange nicht alles verloren, in Fällen wie dem Ihren können wir vom Sozialamt die Mietrückstände übernehmen." „Ist es dazu nicht schon zu spät?" frage ich ungläubig.

Frau Adam zeigt mir die entscheidende Stelle in dem Kündigungsschreiben, die ich vorhin aus lauter Panik glatt überlesen habe: „Wir weisen Sie darauf hin, dass die Kündigung und damit auch die Aufforderung zur Räumung unwirksam wird, wenn Sie innerhalb von 2 Monaten den Rückstand vollständig begleichen oder sich eine öffentliche Stelle, wie z.B. das zuständige Sozialamt, zur Übernahme der

Mietschulden verpflichtet. Das Sozialamt ist durch uns über die Kündigung informiert worden. Bitte setzen Sie sich mit diesem in Verbindung."

Frau Adam zeigt mir nun die konkreten Hilfsmöglichkeiten auf. Sie drückt mir einen Antrag auf Übernahme der Mietschulden durch das Sozialamt sowie einen Hilfsplan zur Vermeidung von Obdachlosigkeit in die Hand. Beides muss ich ausfüllen und noch einige Unterlagen beifügen. „In Ihrem Fall ist es aber so gut wie sicher, dass wir die Mietschulden übernehmen" beruhigt mich Frau Adam. „Wichtig ist jedoch, dass Sie sich verpflichten, künftig Ihre Miete fristgerecht zu zahlen und Sie mir dies auch nachweisen können." Das werde ich bestimmt tun. Nie wieder Mietschulden!

*

Ich frage mich immer wieder, wie ich nur so tief sinken konnte. Nie hätte ich gedacht, dass ich einmal auf das Sozialamt gehen muss und sogar in Gefahr bin, meine Wohnung zu verlieren. Was habe ich falsch gemacht? Ich habe zwei Berufe erlernt und beide mit der Note „Sehr gut" abgeschlossen, war immer ehrgeizig, fleißig, hoch motiviert und flexibel. Aufgeschlossen für Neues war ich auch. Das sind alles Eigenschaften, die heute von den Menschen gefordert werden, wenn Sie in unserer Gesellschaft erfolgreich sein wollen.

Viele Menschen sagen, dass die wirtschaftliche Lage in unserem Lande einfach zu schlecht dafür ist, Träume und Wünsche zu haben und sich diese auch noch erfüllen zu wollen. Jeder, der noch irgendeine Arbeit hat, könne darüber froh und unendlich dankbar sein. Bisher konnte ich mich in Menschen, die so denken überhaupt nicht hinein versetzen. Ich bin von Natur aus eine lebensbejahende und optimistische Frau, die auch unter den widrigsten Umständen versucht, das Optimale zu erreichen und ihr Leben zum Besseren zu wenden.

Dies ist mir bisher immer gelungen, auch in fast aussichtslosen Situationen. Ich erinnere mich zuerst an meine Schulzeit. Bis zur 6. Klasse war ich eine extrem schüchterne Schülerin, die nur wenige Freunde hatte. Ich galt außerdem als unsportlich und konnte auch in den anderen Fächern kaum mit besonderen

Leistungen glänzen. Nachdem ich völlig überraschend einen Crosslauf gewann, änderte sich für mich vieles zum Besseren. Ich begann eine sehr erfolgreiche sportliche Karriere als Mittelstreckenläuferin, was mir die Anerkennung und Bewunderung vieler meiner Klassenkameraden und Lehrer einbrachte.

Meine sportliche Karriere fand ein jähes Ende, nachdem ich mir mit 17 eine Knieverletzung zuzog. Es fiel mir anfangs nicht leicht, auf den Sport und die damit verbundenen positiven Erlebnisse zu verzichten. Bald fand ich jedoch ein neues Ziel. Ich war damals im ersten Lehrjahr und lenkte meinen sportlichen Ehrgeiz voll und ganz in meine Ausbildung. In den Fächern Stenografie und Maschineschreiben gab es Leistungsvergleiche innerhalb unserer Klasse und unserer Schule. Ich belegte dabei nur erste und zweite Plätze und so wurde ich zu weiteren Leistungsvergleichen delegiert. Ich durfte mich nun mit den besten Lehrlingen auf Kreis- und Bezirksebene messen. Auch hierbei hatte ich stets die Nase vorn. Der absolute Höhepunkt meiner Lehrzeit war ein vorderer Platz beim Bezirksleistungsvergleich des Bezirkes Erfurt. Danach bekam ich anerkennende Worte von meinen Berufsschullehrer und eine Prämie von 50 Mark. Das war damals sehr viel Geld für mich. In meinem Ausbildungsbetrieb ging es weiter. Ich wurde zum Chef gerufen. Dieser überschüttete mich mit Lob und überreichte mir ein Anerkennungsschreiben und ebenfalls 50 Mark Prämie. Damit aber noch nicht genug.

Meine Leistung wurde sogar in der Zeitung bekannt gemacht. Viele Freunde und Bekannte lasen diesen Artikel und gratulierten mir. Einige Monate später durfte ich dann mit zu den DDR-Meisterschaften und habe dort einen guten Mittelplatz erreicht.

Nach Beendigung meiner Lehre nahm ich noch einige Zeit lang an Wettschreiben teil. Dies empfand ich als eine wohltuende Abwechslung zu meinem doch recht eintönigen Berufsalltag.

Auch nach der Wende ging es vorerst positiv weiter. Ich verdiente nun deutlich mehr Geld, gab es jedoch auch mit vollen Händen aus. Ich verspürte wieder Lust auf Sport, allerdings wollte ich nicht zum Laufen zurück, sondern andere Sportarten ausprobieren.

Am meisten faszinierte mich Golf. Viele hielten mich damals für total verrückt, da dies als Sport nur für Superreiche gilt. Der Anfängerkurs, den ich im Urlaub besuchte, war jedoch nicht teurer als zum Beispiel eine Woche Skiurlaub. Einige Monate später besuchte ich einen Kurs für fortgeschrittene Anfänger und legte die Platzreifeprüfung ab. Diese erlaubt den Spielern, selbstständig und ohne Trainer auf dem Platz zu spielen. Die Platzreifeprüfung ist vergleichbar mit der Fahrprüfung. Es gibt einen theoretischen

Teil, wo eine Reihe von Regeln abgefragt wird und einen praktischen Teil, wo man gewisse praktische Spielfertigkeiten nachweisen muss. Die Prüfung ist nicht einfach und deshalb hat sie auch die Hälfte unserer Kursteilnehmer nicht bestanden.

Mit meinem Golflehrer verstand ich mich auf Anhieb sehr gut und er wurde später mein Freund. Wir machten sogar schon Hochzeitspläne. Ich wollte zu ihm nach Bayern ziehen und dort ein ganz neues Leben anfangen.

Nie werde ich den 11. August 1992 vergessen. Am Nachmittag klingelte das Telefon. Nichts Böses ahnend hob ich den Hörer ab und vernahm die folgenden Wort nur noch wie in Trance: „Ihre Eltern sind heute auf der Autobahn mit ihrem Auto tödlich verunglückt." Tagelang stand ich unter Schock. Meine Ärztin schrieb mich krank. Ich war damals froh, dass meine Tante sofort zu mir kam, mich tröstete und mir bei allen nötigen Behördengängen half. Allein hätte ich völlig hilflos dagestanden. Damals lebte meine Oma noch. Ich wusste jedoch nicht, wer mehr gelitten hat, sie oder ich. Trotzdem waren wir uns gegenseitig eine Stütze. Ich hatte oft Streit und Meinungsverschiedenheiten mit meinen Eltern, aber dass sie nun auf einmal nicht mehr da waren, das führte mich in die bisher tiefste Krise meines Lebens. Die Freundschaft zu meinem Golflehrer ging in die Brüche, da er mit der neuen Situation nicht umgehen konnte. Auch die meisten meiner Freundinnen zogen sich zurück. Ich glaube, die haben es alle nicht böse gemeint, sie waren einfach überfordert.

Das ist nun alles über 10 Jahre her. Mein Leben ist weitergegangen. Nachdem meine Oma 1999 starb, habe ich den Kontakt zu allen anderen Verwandten verloren. Oma hielt die Familie zusammen, nach ihrem Tod traten jedoch seit langem bestehende Meinungsverschiedenheiten voll zutage und wir gingen im Streit auseinander. Nun war ich völlig allein. Aber auch dies nutzte ich positiv. Ich beschloss, mir endlich meinen Kindheitstraum zu erfüllen und begann die Ausbildung zur Kosmetikerin.

Nun stehe ich wieder an einem Wendepunkt. Ich habe alles verloren. Alles, was mir geblieben ist, ist mein riesiger Schuldenberg. Wer ist nun an meinem Desaster schuld? Ich selbst, weil ich irgendwann entscheidende Fehler gemacht habe? Oder die Gesellschaft? Oder ist es eine Mischung aus beidem? So sehr ich auch grüble, ich komme zu keinem Ergebnis. Ich weiß es einfach nicht.

Einen Ausweg finde ich auch nicht. Übermorgen habe ich einen Termin bei der Schuldnerberatung. Viel verspreche ich mir davon nicht, aber wenn mir alle raten, ich solle dort einmal hingehen, werde ich es zumindest versuchen. Vielleicht bringt es mir ja doch etwas.

*

Heute um 10 Uhr ist mein Termin bei der Schuldnerberatung. Mit gemischten Gefühlen gehe ich da hin.

Viel zu früh komme ich in der Beratungsstelle an. So muss ich erst einmal im Wartezimmer Platz nehmen. Dort liegen zahlreiche Broschüren über den Umgang mit Schulden aus. Ich blättere in den Ratgebern bei Miet- und Energieschulden, Privat- und Regelinsolvenz und studiere die zahlreichen Anleitungen zur Erstellung von Haushaltsplänen. Hoffentlich muss ich so etwas nicht machen. Das war mir immer ein Graus. Während meiner Kindheit hat mein Vater peinlichst genau über alle Ausgaben und Einnahmen Buch geführt. Wenn ich einmal 10 Pfennig mehr ausgab, als er eingeplant hatte, konnte das der Anlass für einen handfesten Familienkrach sein. Der Geiz meines Vaters war manchmal nicht zu ertragen und so habe ich mir geschworen, so etwas nie zu tun. Vielleicht hat das ja mit dazu beigetragen, dass ich in das andere Extrem gefallen bin.

Kurz nach 10 geht die Tür auf und eine junge Frau von höchstens 25 Jahren kommt heraus. Die Frau ist bekleidet mit einem hautengen pinkfarbenen T-Shirt, einer schwarzen Hose, schwarzen Stöckelschuhen und hat schulterlange, blondierte Haare. Nie würde ich denken, dass diese Frau Schulden hat. Ob sie sich das alles auch so zu Herzen nimmt wie ich? Oder nimmt sie das Ganze leichter?

Auch ich versuche, mich im Rahmen meiner Möglichkeiten gut und modern zu kleiden. Kleidung und Kosmetik haben bei mir immer eine große Rolle gespielt. Ich bin nie ungeschminkt zur Arbeit gegangen und habe noch viele schöne Klamotten in meinem Schrank hängen, die ich jetzt anziehen kann. Ein Alptraum wäre es, wenn man mir schon äußerlich ansehen würde, dass ich Sozialfall und total verschuldet bin. Hoffentlich tritt das nie ein.

Dann kommt eine zweite Frau zur Tür heraus. Diese ist klein, zierlich und ca. 40 Jahre alt. Das muss die Schuldnerberaterin Frau Weber sein. Sie geht auf mich zu und fragt, ob ich Frau Berg sei. Ich bejahe dies und so bittet sie mich in ihr Zimmer. Sie lächelt freundlich und bittet mich, ihr gegenüber am Tisch Platz zu nehmen. Ich bin sehr aufgeregt und gespannt, was jetzt wohl kommen wird. „Waren Sie schon einmal hier?" fragt Frau Weber. „Nein, noch nie, ich war auch überhaupt noch nie bei einer Schuldnerberatung" antworte ich. „Gut, dann muss ich eine neue Akte anlegen" erwidert Frau Weber. Sie öffnet ihren Aktenschrank und holt eine leere Akte heraus. Der Schrank ist randvoll. Wenn das alles Akten von Klienten sind, dann bin ich wahrlich kein Einzelfall.

„Ich habe mich entschieden, einmal zu einer Schuldnerberatung zu gehen, da ich es einfach nicht mehr allein schaffe, bei mir zu Hause stapeln sich die Mahnungen, der Gerichtsvollzieher war schon da, ich musste Offenbarungseid leisten und jetzt wurde mir auch noch die Wohnung gekündigt." „Oh, je" antwortet Frau Weber, „da wird es ja höchste Zeit, dass Sie gekommen sind. Aber, so ist das immer, die Leute kommen erst, wenn gar nichts mehr geht, dabei könnten wir schon viel eher helfen." Als erstes lege ich Frau Weber den Antrag auf Übernahme meiner Mietschulden durch das Sozialamt vor. Diesen muss sie bewilligen und unterzeichnen. Nun erklärt sie mir, was zu tun ist. Ich solle ab jetzt alle Einnahmen und Ausgaben notieren. Sie drückt mir dafür ein Haushaltsbuch in die Hand, wo ich nur noch meine aktuellen Zahlen eintragen muss. Ich habe es geahnt. Das kann ja heiter werden. Ich solle erst einmal 4 Wochen lang alles aufschreiben, dann würden wir gemeinsam alles besprechen und einen Ausgabenplan machen. Außerdem würde sie mir für nächste Woche einen zweiten Beratungstermin geben, zu dem ich sämtliche Schreiben meiner Gläubiger, von Inkassobüros und Amtsgerichten mitbringen soll. Dann werden wir uns viel Zeit nehmen und legen einen Ordner an, wo alles fein sortiert nach Gläubigern abgeheftet wird, um feststellen zu können, wie viele Schulden ich insgesamt habe. Dann würden wir gemeinsam überlegen, was wir tun können. Jetzt, wo ich Sozialfall bin, bräuchte ich an niemanden etwas zu zahlen. Wir würden entsprechende Schreiben an die Gläubiger aufsetzen, wo ihnen meine aktuelle Lage mitgeteilt wird. Da muss ich jetzt durch. Wenn ich nicht tue, was Frau Weber wünscht, unterschreibt sie mir den Hilfeplan zur Vermeidung von Obdachlosigkeit nicht.

Frau Weber nimmt sich mehr als eine halbe Stunde Zeit für mich. Sie ist nett, das muss ich ihr lassen. Mehr noch, sie erweist sich sogar als äußerst einfühlsame und verständnisvolle Zuhörerin. Vielleicht kann ich ja längere Zeit mit ihr zusammenarbeiten und sie hilft mir ernsthaft, einen Ausweg aus meinem Schuldendilemma zu finden.

Ich schildere Frau Weber ausführlich meine derzeitige Situation, vor allem auch, dass ich mich in letzter Zeit sehr allein fühle und außer Frau Adam vom Sozialamt niemand habe, mit dem ich reden kann. Sie empfiehlt mir, mich sozial zu engagieren, klärt mich darüber auf, dass es verschiedene Selbsthilfegruppen für Arbeitslose gibt und rät mir, dort einmal hinzugehen. Ich bin skeptisch. Die Arbeitslosigkeit ist zwar ein Problem von mir, aber die Schulden belasten mich viel mehr. „Gibt es keine Selbsthilfegruppen für Schuldner?" frage ich deshalb. „Nein, leider nicht" sagt Frau Weber, „es hat da immer mal wieder Versuche gegeben, die Gruppen konnten jedoch auf Dauer nicht bestehen, weil zu wenig Menschen kamen." Ich will wissen, woran das liegt, denn ich kann mir vorstellen, dass es außer mir noch andere Betroffene gibt, die sich gern einmal alles von der Seele reden wollen. „Die meisten Menschen schämen sich, wenn sie Schulden haben und behalten deshalb ihre Sorgen, Probleme und Ängste lieber für sich. Geld und vor allem Schulden sind in unserer Gesellschaft immer noch ein Tabuthema, obwohl es so viele Menschen betrifft" sagt Frau Weber. Ich fasse es nicht. Da ist es den meisten Menschen wichtiger, nach außen den schönen Schein zu bewahren, als sich zu öffnen und dadurch die Chance zu bekommen, Erleichterung zu finden.

Ich würde gern mit anderen Verschuldeten reden. Vielleicht sollte ich ja versuchen, selbst eine entsprechende Selbsthilfegruppe zu gründen. Das wäre ein lohnendes Ziel. Ich könnte gleichzeitig etwas für mich selbst und für andere tun. Wenn bisher alle Versuche zur Gründung derartiger Gruppen gescheitert sind, muss das nicht heißen, dass dies immer so bleiben muss. Darüber muss ich einmal in Ruhe nachdenken.

*

Seit zwei Tagen bin ich damit beschäftigt, meine Unterlagen für den nächsten Besuch bei Frau Weber vorzubereiten.

Bisher habe ich alle Briefe und Mahnungen auf einen Haufen gelegt, jedoch nicht geordnet. Das älteste Schreiben liegt ganz unten und das neueste ganz oben. Sortiert nach Gläubigern oder gar nach Dringlichkeit habe ich nichts. Ich habe es mir zur Angewohnheit gemacht, jeden Tag die aktuelle Post durchzusehen und anschließend alles auf den Haufen zu legen. Beantwortet habe ich diese Schreiben nie. Das empfand ich als vollkommen sinnlos, sind doch meine Schulden ein Fass ohne Boden. Wenn ich zum Beispiel versucht hätte, einem Gläubiger monatlich 10 Euro zu zahlen, hätte mir das Geld an anderer Stelle gefehlt. Ständig anzurufen und die Leute zu vertrösten, das war mir bald zu viel. Das kostet sehr viel Kraft und Nerven und bringt am Ende doch nichts. Jetzt bin ich heilfroh, den Weg in die Schuldnerberatung gefunden zu haben. Lange genug habe ich gezögert.

Außerdem habe ich damit begonnen, mein Haushaltsbuch zu führen. Ich habe gestern sämtliche Ausgaben aufgeschrieben und empfand es als gar nicht so grässlich, wie ich mir das vorgestellt hatte. Das muss ich jetzt eine Weile durchhalten. Ich sehe ein, dass dies unbedingt nötig ist.

Es wird Zeit, mir neue Ziele zu setzen. Ich werde wieder mit dem

Laufen beginnen. Sportsachen habe ich noch im Schrank, die brauche ich nur wieder herauszuholen, anzuziehen und einfach loszulaufen.

Ich werde einmal in die Arbeitslosenselbsthilfe gehen.

Die Idee, eine Selbsthilfegruppe für Schuldner zu gründen, lässt mich auch nicht mehr los. Ich habe ein sehr gutes Gefühl dabei und werde mich einmal erkundigen, wo ich geeignete Räumlichkeiten bekommen könnte und dann Zeit und Ort des Gruppentreffs bekannt machen.

*

Auf meinen zweiten Termin bei der Schuldnerberatung freue ich mich, im Gegensatz zu meinem ersten Besuch, richtig. Bestimmt wird alles gut werden. Insgeheim hoffe ich, dass Frau Weber irgendeine Zauberformel parat hat, mit der ich schnell meine Schulden loswerden kann, obwohl ich natürlich genau weiß, dass dies eine Illusion ist. Auf mich wartet harte Arbeit, ein Leben am Existenzminimum und so manche Entbehrung. Was ich in nächster Zeit vor allem brauchen werde ist Ausdauer, Geduld und Frustrationstoleranz. Ich habe in den letzten Tagen brav Haushaltsbuch geführt, meine monatlichen Fixkosten notiert, einen Ausgabenplan erstellt, alle Mahnschreiben meiner Gläubiger geordnet und in einen Hefter abgeheftet, alles so, wie es Frau Weber haben möchte.

Ich mache mich früh auf den Weg. Frühstück gibt es bei mir nicht mehr zwischen 10 und 11 Uhr, sondern immerhin schon gegen 8 Uhr morgens.

Frau Weber begrüßt mich diesmal genauso freundlich wie vor einer Woche. „Wie geht es?" fragt sie gleich. Ich sage ihr, dass es mir seit dem letzten Besuch bei ihr deutlich besser geht als vorher und ich schon neue Pläne geschmiedet habe, wie mein Leben in den nächsten Wochen und Monaten aussehen soll. Ich lege ihr mein Haushaltsbuch und den Hefter mit den Schreiben der

Gläubiger vor. „Gut, dann werden wir uns einmal an die Arbeit machen, ich schlage vor, wir nehmen uns erst einmal die Gläubigerunterlagen vor, damit wir sehen, wie viele Schulden Sie insgesamt haben" sagt Frau Weber. Ich signalisiere Zustimmung. Natürlich will ich Klarheit in dieser Frage, andererseits habe ich Angst davor, die genaue Summe zu erfahren, da ich ahne, dass diese nicht unerheblich sein wird. Über eine Stunde verbringen wir damit, jedes Schreiben einzeln anzusehen, die geschuldete Summe auf einen Zettel zu schreiben, um am Ende alles zusammenzurechnen. Frau Weber kommt auf 32.340 €. Als ich diese Zahl höre, bin ich geschockt. „Was, so viel?" frage ich entsetzt. „Sie können gern noch einmal selbst nachrechnen" schlägt mir Frau Weber vor. Das tue ich dann auch und komme auf dasselbe Ergebnis. Es bleibt dabei, ich habe insgesamt 32.340 € Schulden. Ich hätte eine Summe um die 20.000 € erwartet. „Ja, das ist eine stolze Zahl" sagt Frau Weber und sieht mich mit ernstem Blick an. „Da ist es nicht mehr damit getan, sich einzuschränken, da muss mehr geschehen. Von der Sozialhilfe können Sie jedenfalls nichts abzahlen und müssen es auch nicht. Lassen Sie sich von Ihren Gläubigern nicht unter Druck setzen. Sie müssen auch nichts zahlen, wenn Sie wieder Arbeit haben, jedoch weniger als 939 € verdienen würden. Das ist der zur Zeit gültige Pfändungsfreibetrag, der Ihnen immer bleiben muss, egal wie hoch Ihre Schulden sind, selbst wenn es eine Million Euro wären." Ich bin beruhigt. Das letzte Hemd wird mir also nicht ausgezogen.

„Haben Sie schon einmal daran gedacht, in die Insolvenz zu gehen?" fragt Frau Weber. Dann fährt sie fort: „Ich würde Sie bei allen dafür nötigen Schritten unterstützen. Sie müssten 6 Jahre lang den pfändbaren Anteil Ihres Gehaltes an einen Insolvenzverwalter abtreten, der diesen Betrag gleichmäßig an die einzelnen Gläubiger verteilt. Wenn Sie keine Arbeit haben, müssen Sie glaubhaft nachweisen, dass Sie sich darum bemühen. Diese 6 Jahre nennt man die Wohlverhaltensphase. In dieser Zeit ist es wichtig, keine neuen Schulden zu machen. Wenn Sie diese Zeit überstanden haben, können Ihnen danach auf Antrag alle Restschulden erlassen werden." Frau Weber rät mir, diesen Schritt ernsthaft in Erwägung zu ziehen. Ich frage sie, ob es nicht doch noch einen anderen Weg für mich gibt, denn ich bin skeptisch. Ich glaube, in der Insolvenz würde es mir noch schlechter gehen als jetzt. Das will ich nicht. Dann frage ich Frau Weber, ob sie mich auch weiter betreuen würde, wenn ich mich gegen die Insolvenz entscheide. Sie bejaht dies, gibt mir jedoch zu verstehen, dass es nicht leicht für mich wird. Das habe ich auch gar nicht erwartet. Ich will es jedoch allein schaffen. Irgendwann würde ich wieder Arbeit haben und dann könnte ich meinen Schuldenberg Schritt für Schritt abtragen.

Nun schlägt mir Frau Weber eine alternative Vorgehensweise vor. „Ich behalte Ihre Unterlagen vorerst bei mir. In den nächsten Tagen werde ich alle Ihre Gläubiger anschreiben und ihnen mitteilen, dass Sie momentan Sozialhilfeempfängerin sind und bei Ihnen nichts zu holen ist. Wenn Sie dann später wieder Arbeit haben, können wir überlegen, ob Sie dem einen oder anderen Gläubiger Ratenzahlungen anbieten können. Ich bitte Sie jedoch, Ratenzahlungen vorher mit mir abzusprechen, damit ich sehen kann, ob sie sinnvoll sind. Manch einer erklärt sich schon mit 5 oder 10 € monatlich einverstanden." Das ist lässt hoffen. Am Ende bewilligt mir Frau Weber noch den Hilfeplan zur Vermeidung von Obdachlosigkeit. Damit sind alle Voraussetzungen erfüllt, dass meine Mietrückstände vom Sozialamt übernommen werden und ich in meiner Wohnung bleiben darf. Nach 2 Stunden verlasse ich das Beratungszimmer von Frau Weber und bin nur noch erleichtert.

\*

Nachdem mir Frau Weber nun den Hilfeplan zur Vermeidung von Obdachlosigkeit unterschrieben hat, kann ich damit zu Frau Adam gehen und ihn bei ihr abgeben. Sie würde dann endgültig darüber entscheiden, ob das Sozialamt meine Mietschulden von fast 1.000 € übernimmt. Mir wäre es viel lieber, ich könnte diese aus eigenen finanziellen Mitteln begleichen, aber leider ist das nicht möglich. Auch wenn mir Frau Adam schon mehrfach zugesichert hat, dass der Bewilligung meines Antrages nichts mehr im Wege steht, bin ich heute sehr aufgeregt, als ich mich auf dem Weg zu ihr mache. Ich habe die ganze Nacht nicht geschlafen. Das ist bei mir nichts Neues mehr. Ich möchte nicht die Stunden zählen, die ich wegen meiner andauernden Geldsorgen schon nachts wach gelegen habe.

Die aktuelle Miete habe ich pünktlich überwiesen und die Zahlung Frau Adam vor einigen Tagen nachgewiesen. Dies ist eine weitere Voraussetzung für die Übernahme der Mietrückstände. Nun kann ich nur noch hoffen, dass alles gut geht.

Am Sozialamt angekommen, betrete ich das Haus und gehe den mir so vertrauten Weg von der Eingangstür bis zum Warteflur vor Frau Adams Zimmer. Dort sitzt heute niemand. Ein seltenes Bild. Ich klopfe an die Tür. „Ja, bitte" höre ich Frau Adam sagen. Ich öffne sogleich und trete ein. „Einen kleinen Moment noch, ich rufe Sie gleich herein, nehmen Sie noch kurz draußen Platz" bittet mich Frau Adam. Ich tue, was sie sagt und setze mich auf einen der freien Stühle im Warteflur. Mein Herz klopft bis zum Hals. Die Minuten, die ich noch warten muss, kommen mir wie eine halbe Ewigkeit vor. „Kommen Sie herein" bittet sie mich dann endlich. Ich folge ihr in ihr Zimmer und nehme Platz. Gleiche reiche ich ihr den ausgefüllten und von Frau Weber unterschriebenen Hilfeplan herüber. Aufmerksam und mit nachdenklichem Blick mustert Frau Adam den Inhalt. Dann kommen die erlösenden Worte: „Wir übernehmen Ihre Mietschulden!" Ich bin in diesem Moment nur noch glücklich und unendlich erleichtert. Am liebsten wäre ich Frau Adam um den Hals gefallen. Meine Wohnung ist gerettet! Eine schönere Nachricht kann es für mich nicht geben. Alles andere schaffe ich nun auch noch. „Sie wissen aber auch, was Sie jetzt zu tun haben" sagt Frau Adam: „Noch ein halbes Jahr lang müssen Sie mir nachweisen, dass Sie die Miete pünktlich und in voller Höhe zahlen und Sie müssen sich verpflichten, langfristig mit der Schuldnerberatung zusammenzuarbeiten." Das mache ich doch alles. Ich will aus meinem Schlamassel heraus und habe Vertrauen zu Frau Weber gefunden, also möchte ich auch mit ihr zusammenarbeiten, am besten so lange, bis ich alle Schulden getilgt habe. Das gefällt Frau Adam sehr gut. Sie fragt mich auch, ob ich in die Insolvenz gehen werde. Das verneine ich und erkläre ihr, dass ich es allein, jedoch mit Hilfe der Schuldnerberatung schaffen möchte. „Das wird aber schwer" gibt Frau Adam zu bedenken, „Sie sollten sich das mit der Insolvenz ernsthaft überlegen, einen anderen Ausweg sehe ich bei Ihnen und dieser Schuldenhöhe nicht." Insolvenz kommt für mich aber nicht infrage. Lieber arbeite ich jeden Tag 16 Stunden, als solch ein Verfahren über mich ergehen zu lassen. Da hätte ich das Gefühl, nur passiv abwarten zu müssen, bis die Wohlverhaltensphase vorbei ist und meine Motivation, etwas Neues auf die Beine zu stellen, wäre gleich Null. Auch wenn ich bei der Arbeitssuche noch kein Glück hatte, bin ich nach wie vor optimistisch, dass ich bald einen Job finden werde. Ich muss nur einfach Geduld haben und es nach jedem Misserfolg erneut versuchen. Irgendwann werde ich Erfolg haben.

Nach einer knappen halben Stunde verabschiede ich mich von Frau Adam und fahre anschließend gut gelaunt nach Hause. Als ich meine Wohnung betrete, bin ich unendlich dankbar. Wie viel ein Dach über dem Kopf wert ist, merkt man erst, wenn man in Gefahr ist, es zu verlieren. Wie schön gemütlich ist doch mein Zuhause.

Ich habe einen schönen Wohnbereich mit einer gemütlichen Sitzecke, ein Bad, eine Küche und eine Schlafnische. Zahlreiche Grünpflanzen schmücken mein kleines Reich. Dies kann mir nun keiner mehr nehmen. In Zukunft werde ich die Miete immer ganz pünktlich zahlen und wenn ich mir das Geld dafür zusammenkratzen muss.

Nun hoffe ich, dass ich in der nächsten Zeit endlich wieder etwas zur Ruhe komme und meine neuen Vorhaben in die Tat umsetzen kann. Morgen werde ich in die Arbeitslosengruppe gehen und am Wochenende ziehe ich mir die Sportsachen an und laufe einfach los.

*

Wenn ich schon keinen Job habe, so will ich wenigstens Menschen treffen und etwas Sinnvolles tun. Erst in den letzten Tagen wurde mir bewusst, dass es auch mit wenig Geld durchaus möglich ist, am gesellschaftlichen Leben teilzunehmen. Ich finde es sehr gut, dass es heutzutage eine Vielzahl von sozialen Initiativen gibt, bei denen man sich einbringen kann.

Heute mache ich mich auf den Weg zu einer Selbsthilfegruppe für Arbeitslose. Ein bisschen unangenehm ist mir der Gedanke dann doch. Schließlich weiß ich überhaupt nicht, was mich erwartet. Auf wen werde ich dort treffen? Sehe ich gar einen Bekannten? Letzteres könnte mir eigentlich egal sein, in diesem Falle wäre er oder sie aus dem gleichen Grunde dort wie ich.

Das Treffen der Arbeitslosengruppe beginnt um 10 Uhr. Ich bin schon einige Minuten vorher dort. Ich sehe eine Frau, die ca. in meinem Alter ist und spreche sie gleich an. „Ist hier der Arbeitslosentreff?" frage ich. Während die Frau dabei ist, Kaffee und Tee zu kochen sowie Knabbergebäck auf den Tisch zu stellen, erzählt sie mir über die Gruppe. „Sei herzlich willkommen bei uns, ich bin die Sabine und leite zur Zeit die Treffen. Wir sprechen uns alle mit Du und dem Vornamen an" klärt sie mich auf. „Da habe ich nichts dagegen, ich bin Marita" erwidere ich. „Hallo, Marita, ich rate dir, komm mehrmals zu unseren Treffen und dann entscheide für dich ganz allein, ob die Gruppe das Richtige ist oder nicht." Das klingt gut. Ich werde also nicht gezwungen, ewig dorthin zu gehen, wenn es mir nicht gefällt. Ich erzähle Sabine, dass ich mit meinem eigenen Kosmetikstudio pleite gegangen und seitdem arbeitslos bin. Sie erweist sich als sehr aufmerksame und einfühlsame Zuhörerin. „Du wirst sehen, bei uns kannst du sehr offen über alles reden, was dich bedrückt. Der Vorteil unserer Gruppe ist, dass alle ähnliche Probleme haben und deshalb leicht nachvollziehen können, was der andere auf dem Herzen hat. Man muss nicht stundenlang Dinge erklären, die der andere dann am Ende doch nicht versteht." Dann verrät mir Sabine, dass sie in ihrer Familie auch nicht über ihre Probleme reden kann, im Gegenteil die haben inzwischen nur Verachtung für sie übrig und sehen sie als schwarzes Schaf an. „Für die bin ich die Asoziale" sagt sie. Weiter erzählt sie: „Alles, was hier bei uns in der Gruppe gesagt wird, darf nicht nach außen getragen werden, so ist gewährleistet, dass jeder ganz offen auch über die Themen reden kann, die ihn interessieren. Der Zusammenhalt in unserer Gruppe ist gut, unter den Leuten, die sich länger kennen, entstehen oft auch sehr schöne und intensive Freundschaften, aber du wirst sehen, wie es dir gefällt, such dir einfach einen Platz und dann lass dich überraschen."

Nach und nach kommen die anderen Teilnehmer. Punkt 10 Uhr

eröffnet Sabine unser Treffen und stellt mich den anderen als neue Interessentin vor. Alle heißen mich herzlich willkommen. Ich fühle mich in der Runde sofort wohl, auch wenn ich die anderen noch gar nicht kenne. Dann stellen sich alle vor.

Da ist Gerd, ein seit 10 Jahren trockener Alkoholiker, der es zwar geschafft hat, vom Alkohol loszukommen, dem es aber bisher nicht gelungen ist, wieder Arbeit zu finden. „Bis auf ein paar Gelegenheitsjobs lief da nicht viel" sagt er. Anfangs, so sagt er, habe er sich noch verzweifelt um Arbeit bemüht, irgendwann jedoch gemerkt, dass es keinen Zweck hat, da es einfach keine Angebote gibt. Er begann, andere Prioritäten zu setzen und engagiert sich seitdem in verschiedenen Selbsthilfegruppen. Ein Satz von ihm macht mich sehr nachdenklich: „Auch wenn ich nicht die Möglichkeit habe, meinen Lebensunterhalt selbst zu verdienen, so habe ich doch eine ganze Reihe von Gestaltungsmöglichkeiten in meinem Leben." Er strahlt dabei eine innere Gelassenheit und Ruhe aus und ich merke ihm an, dass er das nicht nur einfach so sagt, sondern auch so meint. Ich wünsche mir in diesem Moment wenigstens ein kleines bisschen von dieser Gelassenheit für mich selbst.

Dann ist da Katharina, eine ehemalige Heilpraktikerin, die mit ihrer Praxis pleite gegangen ist und sich total verschuldet hat. Eine Leidensgenossin! Sie feierte vor 2 Monaten ihren 40. Geburtstag und hat schon seit geraumer Zeit das Gefühl, sie sei in ihrem Leben auf ganzer Linie gescheitert. Sie hat keine Familie und keine berufliche Existenz, die Gruppe gibt ihr den letzten Halt.

Eine andere Teilnehmerin ist Sofie, eine 38-jährige ehemalige Promoterin. Sie bekommt in diesem Job keine Aufträge mehr, seit sie die 35 überschritten hat. Immer wenn sie sich bei einer Agentur bewirbt, bekommt sie nur Absagen mit der Begründung, sie sei zu alt.

Sabine ist eine ehemalige Feinmechanikerin. Zu DDR-Zeiten hat sie bei Carl Zeiss Jena gelernt und gearbeitet. Nach der Wende wurde sie bald arbeitslos und ließ sich zur Bürokauffrau umschulen. Außer ein paar Gelegenheitsjobs fand sie jedoch nie wieder eine richtige Arbeit. Sie ist allein stehend und muss nicht nur sich, sondern auch 2 Kinder ernähren.

Die jüngste Teilnehmerin ist Katja. Sie ist 27 Jahre alt und hat ihr Studium abgebrochen, weil sie es nicht mehr finanzieren konnte. Seitdem ist sie arbeitslos.

Die Zeit vergeht wie im Fluge. Es tut gut, die Geschichten der anderen zu hören. Dadurch wird mir bewusst, dass ich wahrlich nicht allein bin, sondern dass viele ein ähnliches Schicksal wie ich haben. Fast alle geben jedoch zu verstehen, dass sie außerhalb der Selbsthilfegruppe kaum Leute haben, mit denen sie so offen reden können. Menschen, deren Leben in geordneten Bahnen verläuft, die eine Arbeit haben und gesund sind, wollen nicht mit derartigen Problemen konfrontiert werden. Dazu kommt, dass Arbeitslosigkeit im Gegensatz zu Krankheit trotz der schlechten wirtschaftlichen Lage noch immer als selbst verschuldet gilt. Betroffene werden als faul und träge angesehen, die parasitär auf Kosten des Staates und der arbeitenden Menschen leben. Dass die meisten gern arbeiten wollen, sie nur einfach nichts finden, das wird nicht akzeptiert. Die Menschen, die ich hier in der Gruppe getroffen habe, sind allesamt ordentlich und zum Teil hoch qualifiziert. Auch ich habe früher gedacht, ich könne nie arbeitslos werden, da ich zwei Berufe mit der Note „Sehr gut" abgeschlossen und den festen Willen habe, erfolgreich zu sein.

Gegen 11.30 Uhr ist der offizielle Teil unseres heutigen Treffens beendet. Wir räumen gemeinsam auf und unterhalten uns dabei noch weiter. Sabine und Katharina geben mir ihre privaten Telefonnummern und bitten mich, sie anzurufen, wenn ich Probleme habe. „Ehe dir zu Hause die Decke auf den Kopf fällt, ruf jemand an" sagt Katharina. Es tut mir gut, dies zu hören. Wie oft habe ich allein zuhause gesessen und über meine Situation gegrübelt.

*

Vor einigen Tagen habe ich mit dem Laufen begonnen. Der Einstieg fiel mir viel leichter als ich gedacht hatte. In den Trainingsanleitungen für Laufanfänger wird empfohlen, ganz langsam zu beginnen und in den ersten Trainingseinheiten jeweils im Wechsel 2 Minuten zu laufen und zu gehen. Nach einigen Wochen könne man dann dazu übergehen, längere Zeit am Stück zu laufen und die Gehpausen nach und nach reduzieren, bis man nach ca. 12 Wochen in der Lage sei, eine halbe Stunde hintereinander zu laufen.

Dieses Trainingsprogramm sollte auch mir Leitfaden für meinen Wiedereinstieg in das Lauftraining sein. Ich merkte jedoch sehr schnell, dass ich noch sehr fit bin und so intensivierte ich mein Training. Schon in der zweiten Trainingseinheit am gestrigen Tag konnte ich eine halbe Stunde laufen, ohne auch nur einmal eine Gehpause machen zu müssen. Hinterher fühlte ich mich großartig. Ich war gutgelaunt und viele meiner Alltagssorgen erschienen mir auf einmal überhaupt nicht mehr so bedrohlich wie sonst. Zufrieden und glücklich schlief ich am Abend ein und nach sage und schreibe 10 Stunden wachte ich heute Morgen auf. Ich bin fast 20 Jahre nicht mehr gelaufen, habe jedoch zwischenzeitlich immer wieder Sport gemacht. Dadurch muss ich eben nicht so beginnen wie die absoluten Anfänger, sondern bin schon einige Schritte weiter. Ich werde in den nächsten Wochen ca. jeden zweiten Tag laufen und dann versuchen, in einen Verein einzutreten, um nicht mehr allein trainieren zu müssen. Ich hoffe nur, die Mitgliedschaft ist nicht so teuer.

Ich träume davon, bald wieder an Wettkämpfen teilzunehmen und an frühere Erfolge anzuknüpfen. Das wäre ein schönes Gefühl, auf dem Siegerpodest zu stehen und von den anderen gefeiert zu werden. Dadurch könnte ich garantiert so manche meiner Sorgen wenigstens für einen Augenblick vergessen.

*

Ein Wunder ist geschehen. Ich habe doch tatsächlich plötzlich und unerwartet einen Job gefunden! Am Freitag bekam ich einen Anruf von einer Zeitschriften- und Prospektverteileragentur. Dort habe ich mich vor einigen Wochen als Zustellerin beworben. Ein Mitarbeiter ist krank geworden und so rief mich die zuständige Vertriebsleiterin, Frau Greiner, an und fragte mich, ob ich nicht Lust hätte, seine Vertretung zu übernehmen. Und ob! Eine schönere Nachricht konnte es für mich gar nicht geben. Das erste Mal seit Monaten erhalte ich die Chance, eigenes Geld zu verdienen. Zeitungszustellerin, das ist gar nicht so verkehrt, ist es doch eine ideale Ergänzung für mein Lauftraining. Der Mann, dessen Vertretung ich übernehmen soll, hat sich das Bein gebrochen und ich kann ihn so lange vertreten, bis er wieder gesund ist. Das kann einige Wochen dauern.

Frau Greiner brachte mir dann am Freitag gleich den Zeitungswagen, mit dem ich am heutigen Sonntag losgehen werde. Ich unterschrieb einen Arbeitsvertrag als Aushilfe. Die Tour ist relativ lang, das hat jedoch den Vorteil, dass ich damit deutlich mehr verdienen kann als mit einer kürzeren Tour.

Ich muss schon um 5 Uhr aufstehen. Die Zeitungen müssen bis ca. 10 Uhr verteilt sein. Frau Greiner sagte mir, dass ich als Anfängerin garantiert 4 Stunden brauche, bis ich fertig bin. Wenn ich dann etwas mehr Routine habe, könne ich es auch in 3 Stunden schaffen, schneller geht es jedoch nicht. Die Zeitungen muss ich immer sonntags und mittwochs verteilen und ich kann dabei ca. 200 Euro im Monat verdienen. Das wird mir dann zwar mit der Sozialhilfe verrechnet, dies stört mich jedoch nicht. Das Gefühl, mich wenigstens teilweise selbst ernähren zu können, stärkt mein Selbstbewusstsein sehr.

Ich bin überrascht, dass es mir heute überhaupt nicht schwer fällt, so früh aufzustehen. Schon 10 Minuten vor dem Weckerklingeln bin ich hellwach.

Nach dem Aufstehen dusche ich mich kurz, ziehe meine Sportklamotten über, frühstücke und gehe in meinen Keller, wo ich den Zeitungswagen abgestellt habe. Nun kann es losgehen. Als ich vor die Haustür trete, ist noch weit und breit niemand zu sehen. Warum auch? Wer steht schon am Sonntag so früh auf? Doch nur

jemand, der Zeitungen austragen muss.

Von meiner Wohnung bis zum Abladeplatz der Zeitungen muss ich ca. 10 Minuten laufen. Die Zeitungen liegen vor der Turnhalle einer Schule. Dort muss ich alle Pakete raussuchen, die meiner Tour zugeordnet sind. Oft bleibt es nicht bei den Zeitungen, sondern meistens sind zusätzlich noch Werbeprospekte zu verteilen. So auch heute. Gleich vier verschiedene Prospekte muss ich verteilen. Das fängt ja gut an! Da habe ich mich ja auf etwas eingelassen, als ich die Zusage für diesen Job gab. Wann soll ich denn heute fertig werden? Das schaffe ich doch unmöglich bis 10 Uhr. Ich bin in diesem Moment drauf und dran, wieder nach Hause in mein warmes Bett zurückzukehren. Was hätte ich dabei schon zu verlieren?

Schließlich entscheide ich mich doch dafür, mich auf den Weg zu machen.

Ich lade so viele Zeitungen und Prospekte in meinen Wagen, wie ich schaffe und stelle am Ende fest, dass ich das Meiste nicht in den Wagen bekommen habe. Ich werde sicher noch drei- bis viermal zum Abladeplatz zurückkehren müssen, um alles wegzubekommen. Aber, ein Schritt nach dem anderen!

Ich mache mich mit meiner ersten „Fuhre" auf den Weg. Meine Tour besteht zum Teil aus Hochhäusern und zum Teil aus Einfamilienhäusern. Den Großteil der Zeitungen werde ich in den Hochhäusern los und deshalb fange ich auch dort an. Vom Abladeplatz sind es nur ca. 100 Meter bis zum ersten Eingang, den ich zu beliefern habe. Zuerst verteile ich die Werbeprospekte. Dabei muss ich genau darauf achten, dass kein Prospekt in einem Briefkasten landet, der die Aufschrift „Keine Werbung" trägt. Die Zeitungen darf ich nicht in Briefkästen werfen, wo „Keine kostenlosen Zeitungen" darauf steht. Briefkästen, auf denen „Keine Werbung und keine kostenlosen Zeitungen" steht, muss ich grundsätzlich aussparen. Über diese Vorgehensweise wurde ich extra von Frau Greiner belehrt. Sie sagte, ich soll dies auch gewissenhaft befolgen, andernfalls könne dies sogar eine Anzeige zur Folge haben.

Endlich bin ich mit dem ersten Eingang fertig. Ich gehe weiter zum nächsten und hier beginnt das ganze Spiel von vorn. Nachdem ich mit drei Eingängen fertig bin, ist mein Wagen schon deutlich leichter. Ich sehe noch immer keinen Menschen. Auf der einen Seite finde ich es schön, so früh am Morgen allein draußen zu sein. Da ist so eine Stille und friedliche Stimmung. Andererseits habe ich Angst, mir könne jemand begegnen, wie z.B. eine Truppe Besoffener Halbstarker, die auf den Weg nach Hause sind. Heutzutage enden Parties ja nicht mehr gegen Mitternacht, sondern am frühen Morgen. Ich habe jedoch Glück. Niemand begegnet mir.

Als mein Wagen leer ist, mache ich mich auf den Weg zurück zum Abladeplatz. Hier lade ich den Wagen wieder bis oben hin voll und schleppe ihn dorthin, wo ich vorhin aufgehört habe. Es ist inzwischen fast 8 Uhr und ich sehe die ersten Menschen. Dies sind meist Hundebesitzer, die ihre vierbeinigen Freunde zum Morgenspaziergang ausführen. Erst gegen 9 Uhr sehe ich auch andere Menschen. Viele schlafen jedoch auch jetzt noch. Noch letzten Sonntag habe ich selbst dazu gehört.

Ich muss insgesamt viermal zurück zum Abladeplatz, bis ich alle Zeitungen und Prospekte wegbekomme. Jetzt geht es auf den letzten Teil meiner Tour, der gleichzeitig auch der schönste ist. Mein Weg führt mich in eine Siedlung mit Einfamilienhäusern. Da sind die Laufwege länger, dies wird jedoch extra bezahlt. Pro zugestellte Zeitung gibt es hier mehr Geld als in den Hochhäusern. Bei meinem Weg durch die Einfamilienhäuser begegnen mir zahlreiche Menschen. Die meisten grüßen mich freundlich und einige fangen sogar Gespräche mit mir an. Sie wollen teilweise wissen, ob denn heute der Mann gar nicht kommt, der sonst immer die Zeitung bringt. Ich sage, dieser habe sich das Bein gebrochen und ich bin seine Vertretung. Eine ältere Frau sagt mir, dass der Mann seit Jahren mit Begeisterung auf der Tour ist, es ihm richtig Spaß macht und ihn fast alle kennen.

Gegen 11 Uhr bin ich fertig. Zufrieden und glücklich gehe ich mit meinem Wagen nach Hause und stelle ihn gleich wieder an seinen Platz im Keller. Dann fahre ich mit dem Fahrstuhl zu meiner Wohnung hinauf.

Oben angekommen, bin ich stolz, heute etwas geleistet und eigenes Geld verdient zu haben. Ich dusche mich ganz in Ruhe und koche anschließend mein Mittagessen. Gern hätte ich mich heute mit einem Essen in einem Restaurant in der Stadt belohnt, aber dafür fehlt mir das Geld. Wenn ich meinen ersten Lohn erhalte, werde ich dies jedoch schleunigst nachholen. Heute reicht es nur zu einer kochfertigen Suppe. Diese habe ich mir gestern im Supermarkt für 19 Cent gekauft. Beim Essen stelle ich fest, dass sie nicht nur meinen Magen füllt, sondern sogar schmeckt. Nach dem Mittagessen lege ich mich hin, um den fehlenden Schlaf nachzuholen. So richtig komme ich jedoch nicht zur Ruhe. So ziehe ich mich wieder an und beschließe, in die Stadt zu fahren. Heute am Sonntag sind zwar keine Geschäfte auf, in Erfurt herrscht jedoch immer reges Treiben. Unterwegs schaue ich in mein Portemonnaie und sehe, dass ich durchaus noch etwas Kleingeld übrig habe. Ich gehe ich ein Café und gönne mir ein großes Stück Kuchen und ein Kännchen Kaffee. Dies alles lasse ich mir schmecken und nehme mir in dem Café so richtig viel Zeit, um vor mich hin zu träumen und die Leute, die draußen vorbei gehen zu beobachten. Wie mag es denen gehen? Wer von ihnen ist zufrieden und glücklich,  wer hat kleinere oder größere Probleme zu bewältigen? Das werde ich wohl nie erfahren. Heutzutage müssen immer mehr Menschen allein mit ihren Problemen fertig werden und versuchen dabei, nach außen ein Bild zu vermitteln, als ob alles in Ordnung sei.

Gegen 17 Uhr ist es Zeit, meine Rechnung zu bezahlen und mich auf den Weg zu machen. Ich schließe noch einen kleinen Spaziergang durch die Stadt an und fahre anschließend mit der Straßenbahn nach Hause. Am Abend sehe ich wie immer fern, werde jedoch bereits kurz nach dem Abendbrot um 20 Uhr so müde, dass ich mich nur noch mühsam wach halten kann. Bloß keinen Zwang antun! Gegen 21 Uhr zieht es mich nur noch in mein Bett. Ich bin heute sogar zu müde, um zu lesen. Nach 2 Seiten klappe ich mein Buch zu, mache das Licht aus und falle bald in einen tiefen, erholsamen Schlaf, um am nächsten Morgen gegen 10 Uhr zu erwachen. Die körperliche Bewegung, egal ob es nun das Lauftraining oder eine Zeitungstour ist, tut mir gut. Noch vor kurzem habe ich fast jede Nacht schlecht geschlafen, jetzt ist das  Gegenteil der Fall.

\*

Seit einigen Wochen laufe ich nun regelmäßig jeden zweiten Tag. Ich habe sehr schnell ein gutes Trainingsniveau erreicht und so möchte ich nun nicht mehr allein, sondern in Gemeinschaft mit anderen trainieren. In den letzten Tagen habe ich mich danach erkundigt, welche Leichtathletikvereine es in Erfurt gibt, wo auch Erwachsene trainieren können. Nun habe ich mich für einen Verein, der seinen Sitz in der Nähe des Steigerwaldstadions hat, entschieden. Der Jahresbeitrag kostet 80 Euro. Das ist für mich eine Menge Geld, aber ich werde es investieren. Dafür kann ich sehr viele Leistungen in Anspruch nehmen. So kann ich jeden Tag von 10 bis 22 Uhr das Stadion, die Laufhalle und andere Einrichtungen des Vereins, wie z.B. die Sauna, nutzen. Wenn ich an Wettkämpfen teilnehmen will, brauche ich einen Startpass, der noch einmal 20 Euro kostet. So muss ich insgesamt 100 Euro zahlen. Innerhalb des Vereins gibt es verschiedene Laufgruppen. Diese treffen sich meist einmal in der Woche auf dem Vereinsgelände und trainieren dort oder in der Umgebung gemeinsam. Wer Wettkampfambitionen hat, trainiert noch zusätzlich allein. So möchte ich es auch handhaben. Ich könnte sogar die Weitsprung- oder Hochsprunganlage des Vereins nutzen, allerdings wäre es da wirklich besser, mir eine entsprechende Trainingsgruppe zu suchen. Als Jugendliche habe ich

neben dem Lauftraining immer wieder Ausflüge zum Hochsprung

unternommen und konnte auch dort einige Medaillen gewinnen. Beim Laufen zeigte ich jedoch mehr Talent und so konzentrierte ich mich schließlich auf Anraten meiner Trainerin ganz darauf. Mich würde es jedoch reizen, es jetzt noch einmal mit dem Hochsprung zu versuchen. Es gibt in meinem neuen Verein eine Trainingsgruppe für Erwachsene.

Da werde ich sicher einmal vorbeischauen.

In den Wurfdisziplinen könnte ich mich auch versuchen, da weiß ich jedoch, dass ich dafür wirklich kein Talent habe. Also, Laufen, Hochsprung und nebenbei in die Sauna. Langeweile muss ich nun wirklich nicht mehr haben. Wenn ich nicht gerade Zeitungen austrage oder mich um meine Alltagsprobleme kümmern muss, könnte ich mich immer auf dem Vereinsgelände aufhalten. Was will ich mehr? Und das alles für 100 Euro im Jahr!

*

Ich kann bis auf weiteres für die Verteilagentur von Frau Greiner arbeiten. Gleich in der Woche nach meiner ersten Sonntagstour rief ich sie an, um ihr mitzuteilen, dass mir die Arbeit gefallen hat und ich gern länger dabei bleiben möchte. Momentan übernehme ich immer noch die Vertretung des erkrankten Kollegen, sobald jedoch eine feste Tour frei ist, wird Frau Greiner mich dafür berücksichtigen. Bald werde ich den ersten Lohn erhalten. Dieser beträgt ca. 200 Euro und wird immer zum 15. eines Monats ausgezahlt. Am Anfang jeden Monats bekomme ich die Sozialhilfe und Mitte des Monats meinen Lohn. Das ist nicht schlecht. So liegen zwischen meinen Geldzahlungen nie mehr als 14 Tage.

Parallel zu meiner Zustelltätigkeit sehe ich mich nach weiteren Jobs um, allerdings hatte ich da bisher noch keinen Erfolg. Viele Angebote sind unseriös und oft auch noch mit Kosten verbunden. Davon lasse ich dann lieber gleich die Finger. Vom Arbeitsamt habe ich seit Wochen keine Angebote mehr bekommen. Als ich dort nachgefragt habe, sagten die mir, bei Bürokräften gäbe es die höchste Arbeitslosenquote. Früher galt der Beruf der Sekretärin oder Schreibkraft einmal als krisensicher. Aber so ändern sich die Zeiten. Ich muss mich damit abfinden, dass ich mit meinem ersten Beruf meinen Lebensunterhalt nicht mehr werde bestreiten können. Viele sagen sogar, dieser Beruf würde irgendwann völlig aussterben.

Das ist eine Situation mit der ich erst einmal klarkommen muss. Ignorieren und den Kopf in den Sand stecken hilft jedoch nicht weiter. So suche ich nach einem Job als Putzfrau, Regaleinräumerin oder Aushilfe im Supermarkt. Aber auch das sind Dinge, die viele andere gern machen würden und unendlich viele Jobs gibt es da auch nicht. Kellnern möchte ich nicht. Es ist für eine Sportlerin nicht gerade angenehm, sich ständig in verrauchten Räumen aufzuhalten. Außerdem habe ich keine Lust, mich von Besoffenen anzupöbeln lassen. Da verzichte ich lieber auf das in Aussicht stehende Trinkgeld.

Gern würde ich auch wieder als Kursleiterin für Englisch oder Computerschreiben an der Volkshochschule tätig werden, nur haben die momentan leider keinen Bedarf.

*

Ich trainiere inzwischen regelmäßig in meinem Leichtathletikverein und es macht mir großen Spaß. Ca. zweimal in der Woche drehe ich im Stadion meine Runden. Das ist eine willkommene Abwechslung zu meinen anderen Trainingseinheiten, die ich nach wie vor allein absolviere. Zur Zeit laufe ich fast jeden Tag, außer an den Tagen, wo ich die Zeitungen austragen muss. Meine Trainingsleistungen machen gute Fortschritte und ich bin fest entschlossen, im September schon meinen ersten Wettkampf zu bestreiten.

Bei meinen Trainingseinheiten im Stadion ist mir schon oft eine Frau aufgefallen, die super schnell läuft. Wenn wir zusammen auf der Bahn sind, dauert es nicht lange und sie hat mich überholt. Wie ein Blitz schießt sie an mir vorbei. Sie ist viel kleiner als ich und sehr schlank. Ich schätze, sie ist ca. 1,55 m groß und wiegt 45 kg. Wenn sie läuft, sieht es aus, als schwebe sie über die Tartanbahn. Bisher hatte ich vor lauter Respekt noch nicht den Mut, sie einmal anzusprechen. Sie hat mich schon mehrmals freundlich gegrüßt, lief dann jedoch weiter. Auch heute begrüßt sie mich wieder mit einem kurzen „Hallo", bleibt dann jedoch stehen und fragt mich, ob ich neu hier im Verein sei. „Ja", sage ich, „ich trainiere überhaupt erst seit 2 Monaten, war zwar als Jugendliche schon einmal Mittelstreckenläuferin, aber das ist lange her."

„Dafür bist du aber schon wieder sehr gut" entgegnet sie mir dann. Dies ausgerechnet von ihr zur hören, freut mich natürlich sehr, obwohl es mich einigermaßen überrascht. Schließlich ist sie viel besser als ich. „Ich bin Kerstin" stellt sie sich vor und erklärt mir, dass sie seit 10 Jahren hier im Verein ist und früher ebenfalls Mittelstreckenläuferin war. Da wundere ich mich nicht. Die ist so gut, weil sie nie mit dem Training aufgehört hat. Damit kann ich mich natürlich überhaupt nicht vergleichen. Ich erzähle Kerstin von meinen Plänen, wieder Anschluss an meine früheren Leistungen zu finden und Wettkämpfe bestreiten zu wollen. „Das schaffst du auch" ermutigt sie mich und sagt: „Wenn du regelmäßig trainierst, kannst du auch bald so gut sein wie ich." „Bist du da sicher?" frage ich ganz erstaunt. „Ja, ich sehe, du hast Talent, das muss nur genutzt werden, bleib dabei, dann wirst du großen Erfolg haben" erwidert Kerstin. Das macht mir Mut. Gelegentlich habe ich doch Zweifel, ob sich mein intensives Training lohnt. Nun habe ich aus kompetentem Mund die Bestätigung dafür bekommen, dass ich weitermachen soll. Was will ich mehr?

Bald muss sich Kerstin von mir verabschieden, sagt jedoch, dass sie sich freuen würde, mich bald wieder hier zu treffen. Sie wünscht sich, noch öfter zusammen mit mir trainieren zu können. Das wünsche ich mir auch. Diese Frau möchte ich gern näher kennen lernen. Menschen mit einer positiven und optimistischen Lebenseinstellung, die mich dazu motivieren, Bestleistungen zu erreichen, kann ich gut gebrauchen.

Nachdem sich Kerstin von mir verabschiedet hat, drehe ich allein noch ein paar Runden im Stadion. Eigentlich hatte ich heute gar nicht vor, so lange zu laufen.

Nach meinem heutigen Training dusche ich mich in Ruhe, ziehe mich um und sehe mir noch die Aushänge am Schwarzen Brett des Vereins an. Dienstags von 18 bis 19.30 Uhr trainiert die Hochsprunggruppe. Das würde mir zeitlich sehr gut passen. Ich denke, ich werde dort einmal hingehen.

*

Der Sommer geht langsam zu Ende und jetzt, Anfang September beginnt für die Leichtathleten nach der Sommerpause wieder die Wettkampfsaison.

Auch ich möchte einige Wettkämpfe mitmachen und heute soll es als Einstieg ein Lauf über 10 Kilometer sein. Die Länge dieser Strecke dürfte mir keine Probleme mehr bereiten, bin ich doch im Training bereits 15 oder 20 Kilometer am Stück gelaufen. Außerdem machte mir Kerstin Mut, an Wettkämpfen teilzunehmen und gab mir hierfür einige wertvolle Ratschläge.

Schon 2 Stunden vor Wettkampfbeginn bin ich vor Ort. Auch dies tue ich auf Anraten von Kerstin. Ich könne mich, wenn ich vorher genügend Zeit hätte, in aller Ruhe auf den bevorstehenden Lauf einstellen, mich warmlaufen, mich mit anderen Läufern unterhalten und die Atmosphäre im Stadion genießen.

Die ganze Zeit spielt flotte Musik und der Stadionsprecher findet zwischendurch immer wieder die passenden Worte, um uns für den bevorstehenden Wettkampf Mut zu machen.

Einige Minuten vor Laufbeginn müssen sich alle Läufer am Start einfinden. Der Lauf würde 5 Kilometer in eine Richtung gehen, dort befindet sich dann ein Wendepunkt und die ganze Strecke muss wieder zurück gelaufen werden.

Punkt 10 Uhr fällt der Startschuss. Auf geht´s! Einige Läufer ziehen sofort mit einem Tempo davon, das so schnell ist, dass man glauben könnte, dies ist hier kein 10-Kilometer-, sondern ein 100 m-Lauf. Ich versuche, mich nicht nervös machen zu lassen. Ich laufe anfangs in einem Tempo, das etwas schneller als mein Trainingstempo ist und hoffe, dies möglichst lange durchzuhalten.

Kerstin nimmt auch am heutigen Lauf teil, sie ist mir aber bald so weit enteilt, dass ich sie aus den Augen verliere.

Aber, ich bin ja Anfängerin!

Andauernd ziehen andere Läuferinnen und Läufer

an mir vorbei. Hoffentlich geht das nicht die ganze Zeit so weiter. Dann werde ich am Ende noch Letzte.

Nach den ersten Kilometern habe ich das Gefühl, keine Kraft mehr zu haben und möchte aufgeben.

Nein!

Ich drossele mein Tempo und laufe weiter. Jetzt nur nicht verrückt machen lassen, nicht verkrampfen und schön locker bleiben!

Am Rand stehen viele Zuschauer, die auch mir Beifall zollen. Durch diese Welle der Begeisterung habe ich bald das Gefühl, getragen zu werden. Ich erhole mich etwas und kann wieder leicht beschleunigen.

Endlich der Wendepunkt bei Kilometer 5. Die Hälfte wäre

geschafft. Nun muss ich die ganze Strecke noch einmal zurück. Immer schön ein Bein vor das andere setzen, dann wird das schon werden. Inzwischen stehen noch mehr Zuschauer am Straßenrand. „Bravo" höre ich immer wieder.

Endlich ist das Ziel in Sicht. Noch 1 Kilometer. Den schaffe ich nun auch noch. Jetzt noch einmal alles geben! Ich beschleunige wieder. Dann höre ich von weitem die Stimme des Stadionsprechers. Noch ein paar hundert Meter, dann werde ich in das Stadion laufen.

Endlich ist es soweit. Alle Läufer, die vor mir das Ziel passieren, werden vom Sprecher namentlich genannt und von den Zuschauern mit frenetischem Beifall bedacht. Schließlich kommt mein großer Augenblick. „Und jetzt läuft Marita Berg durchs Ziel!" höre ich. Als ich die Ziellinie überquere, reiße ich die Arme hoch. Ich habe es geschafft!

Sogar meine Zeit ist ganz passabel: 51,23 Minuten. Das ist für eine Anfängerin super. Ich bin in dem Moment so glücklich, ich könnte die ganze Welt umarmen. „Hallo, ich gratuliere dir" höre ich plötzlich eine Stimme von hinten. Es ist Kerstin. „Großartig, ich wusste, du schaffst es" sagt sie und umarmt mich. Ich frage sie, welchen Platz sie belegt hat und welche Zeit sie gelaufen ist. Sie ist Gesamtzweite mit einer Zeit von 39,13 Minuten. Ich gratuliere Kerstin zu ihrer Leistung und spreche ihr meine

Bewunderung dafür aus.

Wir sind in dem Moment einfach nur glücklich. Solche Augenblicke sollte man genießen. Viel zu selten sind sie, man möchte sie festhalten, nur geht das leider nicht.

Wir beide beobachten das weitere Wettkampfgeschehen. Auch 15 bis 20 Minuten nach mir kommen noch Läufer ins Ziel und sie sind in dem Moment genauso glücklich wie ich bei meinem Zieleinlauf. Einige davon sind auch zum ersten Mal dabei, andere sind alte Hasen. Die älteste Teilnehmerin ist 76 Jahre alt und der älteste Teilnehmer 81. „Wer in dem Alter noch so fit ist, kann sich glücklich schätzen" sage ich zu Kerstin. Sie erwidert dann: „Ja, die Frau kenne ich, die läuft seit ca. 20 Jahren und lässt kaum einen Wettkampf aus. Für viele ist sie so etwas wie das Urgestein der Szene. Dabei war sie bis zu ihrem 50. Lebensjahr völlig unsportlich und hat einige Kilo Übergewicht mit sich herumgeschleppt. Anfangs wollte sie nur laufen, um abzunehmen, dann fand sie Gefallen an der Sportart und nahm seitdem immer wieder mit Erfolg an Wettkämpfen teil. In ihrer Altersklasse 70 ist sie die mit Abstand Beste in Thüringen."


Es ist faszinierend, solche Geschichten zu hören. Dies zeigt, dass nichts unmöglich ist, auch im fortgeschrittenen Alter. Wenn ich will, kann ich also noch jahrzehntelang laufen. Es gibt immer wieder Menschen, die den Mut haben, etwas Neues auszuprobieren und neue Ziele zu finden.

Ich belege in meiner Altersklasse 35 – 39 den 5. Platz von insgesamt 8 Teilnehmerinnen. Was will ich mehr? Der Wiedereinstieg in das Wettkampfgeschehen ist mir damit gelungen.

*

Ich verabrede mich für den Nachmittag mit Kerstin in einem Café in der Erfurter Innenstadt. Wir lassen dabei den heutigen schönen Tag noch einmal Revue passieren. Kerstin erzählt mir, dass sie nicht nur selbst aktive Läuferin ist, sondern auch ehrenamtliche Übungsleiterin. Ich frage sie, was sie ansonsten beruflich macht. „Ich bin arbeitslos" sagt sie. Ich bin sprachlos. Das hätte ich nicht erwartet.

„Ja, ich bin schon seit 3 Jahren arbeitslos, seit dieser Zeit habe ich mich verstärkt auf den Sport konzentriert und auch meinen Übungsleiterschein gemacht. Man muss eine sinnvolle Aufgabe finden, die einen ausfüllt." Ich bin noch immer verblüfft. Da habe ich nun tagelang darüber gegrübelt, wie ich Kerstin beibringen soll, dass ich arbeitslos bin, falls sie mir die Frage stellt: „Was machst du beruflich?"

Nun fällt es mir natürlich sehr leicht, ihr zu sagen, dass auch ich arbeitslos bin.

„Das ist doch heute keine Schande mehr" sagt sie dann. Recht hat sie.

*

Gestern Vormittag war ich nicht zu Hause, als die Post kam und nach meiner Rückkehr fand ich wieder einmal eine Benachrichtigungskarte im Briefkasten, dass ich ein Einschreiben vom Postamt abholen soll. Solche Benachrichtigungen hasse ich, verheißen sie doch nie etwas Gutes. Das Einschreiben kann ich auch nicht am gleichen Tag von der Post abholen, ich muss warten bis zum nächsten Morgen um 10 Uhr. So liegt eine Zeit des Wartens und der Ungewissheit vor mir. Solche Fragen wie: Von wem könnte das Einschreiben sein? Welcher Gläubiger hat mir diesmal einen Mahn- oder Vollstreckungsbescheid geschickt? Hat wieder jemand mein Konto gepfändet? Werde ich zu einer neuen Eidesstattlichen Versicherung eingeladen? rauben mir dann meist den Schlaf. So auch in der letzten Nacht. Gegen 3 Uhr morgens konnte ich endlich einschlafen.

Heute Morgen mache ich mich gleich auf den Weg Richtung Postamt. Am Postschalter gebe ich die Benachrichtigung ab, zeige meinen Personalausweis vor und bekomme kurz danach mein Einschreiben ausgehändigt.

Es stammt von meiner Bank. Wieso das denn? Mein Konto ist zwar noch immer gepfändet, aber ansonsten müssten die doch eigentlich keinen Grund haben, mir ein Einschreiben zu schicken. Ich habe mich in den letzten Wochen an ein Leben mit einem gepfändeten Konto gewöhnt. Die Sozialhilfe bekomme ich bar an der Kasse des Sozialamtes

und meinen Lohn von der Zeitungszustellagentur kann ich mir nach Eingang auf meinem Konto am Schalter auszahlen lassen. Meine Bank führt keine Lastschriften und Überweisungen mehr aus. Wenn ich Rechnungen bezahlen muss, bleibt mir kein anderer Weg, als zum Postschalter zu gehen und den Rechnungsbetrag bar auf das Konto des Rechnungsempfängers einzuzahlen. Das kostet mich jedes Mal mehrere Euro Gebühr. Die Miete und den Strom kann ich an der Kasse meines Vermieters bzw. Stromlieferanten einzahlen. Der Gläubiger, der mein Konto gepfändet hat, ging bisher leer aus. Ihm kann nur Geld überwiesen werden, wenn monatlich mehr als 939 Euro auf meinem Konto eingehen. Ich liege mit dem Geld, was ich zur Verfügung habe, trotz meines Nebenjobs, noch weit unter dieser Pfändungsfreigrenze.

Nun möchte ich natürlich sofort wissen, was die Bank von mir will. Ich reiße den Brief auf. Da steht: Kontokündigung! Das darf einfach nicht wahr sein. Wieso denn das? Ich lese dann die ausführliche Begründung meiner Bank dafür, warum ich als Kundin untragbar geworden bin. Die Kontoführung sei auf Grund der andauernden Pfändung für die Bank mit erheblichen Mehrkosten verbunden und dies könne nicht länger akzeptiert werden. Dass auch ich durch die Pfändung erhebliche Mehrkosten habe, das interessiert die nicht.

Ich bin verzweifelt. Wie soll ich Frau Greiner von der Zeitungsagentur beibringen, dass sie mir meinen Lohn künftig bar auszahlen soll? Ich glaube, das würde gar nicht gehen. Wenn die erfährt, dass ich kein Konto mehr habe, weigert die sich sicher, mich weiter zu beschäftigen. Da kann ich dann nur noch auf meine Sozialhilfe zurückgreifen. Die Chancen, einen neuen Job oder gar eine richtige Arbeit zu finden, sind ohne Konto gleich Null.

Jetzt bin ich endgültig erledigt. Warum bemühe ich mich überhaupt, wieder auf die Beine zu kommen, wenn an Ende doch alles sinnlos ist?

Früher habe ich nie viel auf die weit verbreitete Meinung gegeben, dass, wer einmal ganz unten in der Gesellschaft angekommen ist, fast keine Chance hat, je wieder hoch zu kommen, sondern im Gegenteil, er bei seinen Versuchen, wieder aufzustehen, noch getreten wird, dass er ja am Boden liegen bleibt. Jetzt muss ich leider feststellen, dass genau das die Wahrheit ist.

Vor einigen Tagen war ich noch so optimistisch, dass ich es schaffen würde. Nun ist mit einem Schlag alles aus.

Ich glaube inzwischen, die Eröffnung meines eigenen

Kosmetikstudios war der größte Fehler meines bisherigen Lebens. Warum habe ich mich bloß darauf eingelassen, hierfür Schulden zu machen? Ich könnte mich nur noch ohrfeigen. Eine Alternative wäre es gewesen, meinen Sekretärinnenjob zu behalten und nebenberuflich zu versuchen, als Kosmetikerin Fuß zu fassen. So hat es eine meiner Mitschülerinnen von der Kosmetikschule gemacht. Sie arbeitete als Verkäuferin und hat nebenberuflich Hausbesuche gemacht. Ob sie heute noch im Geschäft ist, weiß ich

nicht, aber ich glaube, diese Frau hat sich sicher nicht verschuldet. Sie ist mit weniger Euphorie und viel mehr Realismus als ich an die Sache herangegangen.

Wie dem auch sei, ich kann leider die Zeit nicht zurückdrehen und alles anders machen, ich muss sehen, wie ich jetzt mit der neuen Situation klarkomme.

Deshalb werde ich die Kontokündigung nicht einfach akzeptieren. Wozu habe ich Frau Weber von der Schuldnerberatung? Sie muss einfach einen Rat wissen, was ich jetzt tun kann. Sicher bin ich nicht die Erste, die mit einem derartigen Problem zu ihr kommt.

Gesagt, getan. Ich gehe zur nächsten Telefonzelle und rufe sie von dort aus an. Mit zittriger Stimme erzähle ich, was mir gerade passiert ist. Frau Weber erweist sich wieder einmal als sehr verständnisvolle und mitfühlende Zuhörerin und bietet mir an, noch heute Nachmittag bei ihr vorbeizukommen. Dieses Angebot nehme ich dankbar an.

Sie wird garantiert eine Lösung finden. Noch gut 3 Stunden, dann würde Frau Weber mit dem Finger schnippen und alles wird gut.

Ganz so einfach ist es natürlich nicht. Als ich bei Frau Weber in der Beratung sitze, klärt sie mich über die aktuelle Rechtslage in Deutschland auf. Leider gibt es bei uns keinen Rechtsanspruch auf ein Girokonto, nicht einmal auf eines auf Guthabenbasis. Es gäbe zwar eine Selbstverpflichtung vieler Banken und Sparkassen, jedem Kunden wenigstens ein Girokonto auf Guthabenbasis einzurichten, sie halten sich jedoch oft nicht daran. „Oft bekommt man solch ein Guthabenkonto erst, nachdem man darum gekämpft hat" sagt mir Frau Weber. Ich solle mich sofort gegen die Kündigung wehren. Wenn ich damit keinen Erfolg habe, könne ich mich an die Schlichtungsstelle meiner Bank wenden. Die Adresse würde mir Frau Weber im Bedarfsfall geben. Parallel dazu solle ich versuchen, bei einer anderen Bank ein neues Girokonto auf Guthabenbasis zu beantragen. Falls dies abgelehnt wird, könne ich mich auch dagegen wehren. Am Ende bedanke ich mich bei Frau Weber für ihre schnelle Hilfe und verlasse ihr Zimmer sichtlich erleichtert.

Auf dem Nachhauseweg überlege ich, was mir im schlimmsten Fall passieren könnte. Dieser schlimmste Fall wäre, auf Dauer ohne Konto leben zu müssen. Was müsste ich dann machen? Die Sozialhilfe kann ich mir immer bar an der Kasse auszahlen lassen. Danach würde ich umgehend zu meinem Vermieter und zu den Stadtwerken gehen, um Miete und Strom an der Kasse einzuzahlen. Wenn ich andere Rechnungen zu begleichen habe, müsste ich jedes Mal zur Post gehen und für jede Überweisung zusätzliche Gebühren zahlen. Meinen Job bei der Zeitung würde ich sicher verlieren und auch keinen anderen bekommen.

Was mir jedoch bleibt, ist mein Sport. Den Vereinsbeitrag habe ich für ein Jahr im Voraus bezahlt. Man kann mir alles nehmen, bloß nicht meinen Sport. „Wenn ich schon nicht die Chance bekomme, meinen Lebensunterhalt selbst zu verdienen, so habe ich doch eine Reihe Gestaltungsmöglichkeiten für mein Leben."

Ich erinnere mich an diesen Ausspruch von Gerd aus der Arbeitslosengruppe. Welch eine Weisheit steckt dahinter!

Egal, was passiert, ich darf mich nicht so sehr auf die Dinge konzentrieren, die mir nicht möglich sind, sondern auf die, die machbar sind und das sind bei genauer Betrachtung oft mehr, als ich denke.

*

Der 10-km-Lauf vor 14 Tagen war eine super Erfahrung für mich. Ich erholte mich danach erstaunlich schnell und habe bereits 2 Tage später wieder trainiert. Es ist

ein tolles Gefühl, sich körperlich einmal so richtig auspowern zu können. Dadurch wird der Kopf frei und diese ewige Grübelei hört auf.

Weil der letzte Wettkampf so schön war, möchte ich heute gleich wieder einen mitmachen. Diesmal wird es ein Leichtathletiksportfest, wo ich die 1.000 m laufen möchte. Das ist eine klassische Mittelstreckendisziplin. Hier muss man ein relativ hohes Tempo von Anfang an durchhalten und sich trotzdem noch Kräfte für den Endspurt aufsparen. Das ist nicht ganz leicht. Aus diesem Grunde gelten die Mittelstrecken als die härtesten Läufe. Man muss beides sein, Sprinter und Ausdauerläufer und möglichst beides gleich gut. Gerade diese Herausforderung hat mich als Jugendliche gereizt und tut es auch heute wieder.

Ich bin ca. 2 Stunden vor dem Start im Stadion. Viele andere Wettkämpfe sind bereits in vollem Gange. Ich mische mich unter die Zuschauer und fiebere begeistert mit den anderen Wettkämpfern mit.

Es ist sehr interessant, was ich dabei zu sehen bekomme. Da gibt es zum Beispiel einen 75-jährigen 100 m-Läufer und eine Frau mit einer Handprothese, die beim Weitsprung mitmacht. Das ist bewundernswert. Vor solchen Menschen kann man nur den Hut ziehen. Sie lassen sich nicht von Schicksalsschlägen, widrigen Umständen oder persönlichen Nachteilen davon abhalten, zu kämpfen und erreichen in ihrem Leben oft mehr als die Menschen, die gesund sind, jedoch einfach so in den Tag hinein leben und sich keine besonderen Gedanken über ihr Leben machen.

Große Hochachtung habe ich vor den Behindertensportlern. Da gibt es erstaunliche Leistungen, wie zum Beispiel blinde Schwimmer oder Marathonläufer, Beinamputierte, die trotzdem bei Laufwettbewerben mitmachen und sogar behinderte Bergsteiger. Es gibt einen blinden Mann, der den Mount Everest bestiegen hat. Er hätte allen Grund gehabt, mit seinem Schicksal zu hadern, hatte jedoch den unbändigen Willen, diesen höchsten Berg der Welt zu besteigen und hat es mit Hilfe von Menschen, die an ihn geglaubt haben, schließlich auch geschafft. Natürlich war dieser Weg für ihn alles andere als einfach.

Dann gibt es die afrikanischen Läufer, die mit ihren Familien zu Hause in bitterster Armut gelebt haben, den unbedingten Willen zum Erfolg hatten und es an die Weltspitze geschafft haben. Viele verdienen mit ihrem Sport heute so viel, dass sie damit nicht nur sich und ihre Familien, sondern ihr ganzes Heimatdorf ernähren können. Dann gibt es die Straßenkinder in Brasilien, die Gefallen am Fußball finden, Ehrgeiz entwickeln und später so gut werden, dass sie in der Nationalmannschaft spielen können und wenn sie Glück haben, sogar Weltmeister werden.

Ich werde jäh aus meinen Gedanken gerissen, als alle 1.000 m-Läuferinnen zum Start gerufen werden. Von meinen Konkurrentinnen kenne ich niemand und kann demzufolge auch nicht einschätzen, wie leistungsstark sie sind.

Nach dem Start laufe ich so schnell los, wie ich kann, muss jedoch nach der ersten Stadionrunde mein Tempo deutlich drosseln. Die zweite Runde gehe ich langsamer an. Mir ist in dem Moment egal, welche Zeit und welchen Platz ich am Ende erreichen werde.

Auf den letzten 200 Metern finde ich neue Kraft und so kann ich noch einmal beschleunigen und einen passablen Schlussspurt hinlegen. Am Ende schaffe ich den Lauf in einer Zeit von 3 Minuten und 52 Sekunden. Das ist zwar keine besonders gute Zeit, aber ich bin zufrieden. Auf dieser Strecke kann ich mich in Zukunft sicher noch steigern.

Nach ca. 20 Minuten wird zur Siegerehrung für den 1.000 m – Lauf aufgerufen.

Der Stadionsprecher sagt: „Zur Siegerehrung werden gebeten, sich bereitzuhalten: ..., und Frau Marita Berg!" Ich glaube in dem

Moment, meinen Ohren nicht trauen zu können. Wieso soll ich zur Siegerehrung? Ganz aufgeregt gehe ich zum Organisationsbüro, um zu fragen, ob da nicht ein Irrtum vorliegt. „Nein, es ist alles korrekt, Frau Berg, Sie sind Siegerin der Altersklasse 35 geworden, Herzlichen Glückwunsch dazu!" Schnell eile ich zum Siegerpodest. Dort warten die anderen schon auf mich. Der Sprecher verkündet schließlich: „Siegerin über 1.000 m in der Altersklasse 35 wurde Marita Berg."

Unter tosendem Beifall betrete ich das Siegerpodest und besteige das obere Treppchen. Ich nehme zahlreiche Glückwünsche entgegen, bekomme eine Medaille umgehängt und eine Urkunde überreicht. Das Ganze kommt mir wie ein Traum vor.

In dem Moment empfinde ich tiefe Dankbarkeit dafür, gesund zu sein und die Möglichkeit zu haben, meinen Sport zu betreiben.

\*

Vor einigen Tagen habe ich die Beschwerde über die Kündigung meines Kontos an die Schlichtungsstelle meiner Bank geschickt und warte noch auf eine Antwort. Ich bin jedoch etwas zuversichtlicher geworden. Irgendwann werde ich bestimmt wieder ein Girokonto haben. Ich gebe nicht auf, bis ich dies geschafft habe.

Gestern war ich auch bereits bei einer anderen Bank, um dort die Eröffnung eines Girokontos auf Guthabenbasis zu beantragen. Dies endete für mich mit einer herben Enttäuschung. Am Anfang, als ich der Kundenberaterin den Antrag auf Eröffnung eines Girokontos überreichte, war sie sehr freundlich, bis zu dem Moment, nachdem sie meine Schufaauskunft eingeholt hat. Hier ist meine ganze Schuldengeschichte registriert, auch das letzte Kapitel, die Kontokündigung durch meine Bank. Die Frau sagt dann nur noch zu mir: „Es tut mir leid, wir können Ihnen leider kein Konto einrichten."

Ich verabschiedete mich und verließ mit gesenktem Kopf die Bank. Ich kam mir nur noch ausgestoßen, bloßgestellt und verzweifelt vor. Am liebsten wäre ich im Erdboden versunken.

Auch wenn es mir niemand ins Gesicht sagt, merke ich doch deutlich, dass Menschen, die einmal pleite gegangen sind, als Versager gelten, die eine zweite Chance nicht verdient haben. Man wird in vielfältiger Weise vom normalen Leben ausgegrenzt.

Wer das Risiko einer Selbstständigkeit eingeht, wird oft schon mit Unverständnis bedacht, wenn er dann später scheitert, muss er damit leben, völlig alleingelassen zu werden. Es geht so ganz nach dem Motto: „Selber schuld, warum hast du so viel gewagt, hättest du getan, was alle tun, wäre dir das nicht passiert, nun sieh zu, wie du fertig wirst."

Ich habe sogar schon gehört, dass viele Arbeitgeber Menschen, die einmal die Eidesstattliche Versicherung abgegeben haben oder gar in die Insolvenz gegangen sind, nicht einstellen, auch wenn sie fachlich noch so geeignet und hoch qualifiziert sind. Man zweifelt an deren Zuverlässigkeit, Integrität, Tüchtigkeit und generell an der Fähigkeit des Betroffenen, überhaupt etwas Positives zustande zu bringen.

Man gibt uns nicht einmal die Chance, das Gegenteil zu beweisen.

Im Ausland, z.B. in Frankreich oder England, geht man damit viel lockerer um. Dort und in vielen anderen Ländern ist eine zweite Chance selbstverständlich. Im Gegenteil, oft wird sogar davon ausgegangen, dass Menschen, die einmal pleite gegangen sind und es nun erneut versuchen, aus ihren Fehlern gelernt haben und mit diesem Wissen ausgestattet, dann beim zweiten oder dritten Versuch sogar bessere Unternehmer sind, als diejenigen, die zum ersten Mal selbstständig sind. So unterschiedlich ist das.

Zwar wird heute niemand mehr wegen Schulden als Sklave verkauft, wie das in der Antike üblich war und es gibt auch keinen Schuldenturm wie im Mittelalter mehr, aber heute ist es die soziale Ausgrenzung.

*

Mein sportliches Trainingsprogramm ist inzwischen sehr intensiv. Zwei- bis dreimal in der Woche trainiere ich im Verein und gehe zusätzlich in die Sauna. Außerdem laufe ich dreimal allein. Der Umfang meiner Laufstrecken beträgt ca. 10 bis 15 Kilometer. Mindestens eine Trainingseinheit ist dem Sprint- und Mittelstreckentraining vorbehalten.

Nächsten Dienstag möchte ich zusätzlich einmal beim Hochsprung vorbeischauen. Ich habe mich inzwischen kundig gemacht. Die anderen Teilnehmerinnen sind zwischen 20 und 30 Jahre alt und damit zwar etwas jünger als ich aber das ist durchaus noch vertretbar.

Ich plane weitere Wettkämpfe. So möchte ich noch mehrere 10-Kilometer-Läufe bestreiten, mich in 3 Wochen das erste Mal an eine längere Strecke heranwagen und auch noch ein Sportfest mitmachen. Dort werde ich dann 5.000 Meter laufen. Ich freue mich auf den neuen Wettkampf. Durch die beiden bisherigen Erfolge habe ich viel Selbstvertrauen gewonnen. Mein Sieg in der Altersklasse 35 über die 1.000 Meter stand neulich sogar im lokalen Sportteil unserer Tageszeitung. Da habe ich mich sehr darüber gefreut. Aus meiner Jugendzeit gibt es unendlich viele Zeitungsartikel über meine sportlichen Erfolge, nun kann ich dieser Sammlung den ersten aktuellen Artikel hinzufügen.

*

Schon lange warte ich darauf, einen festen Nebenverdienst zu bekommen. Der Weg dahin führt für mich über eine feste Zeitungstour bei der Zustellagentur von Frau Greiner.

Nun ist es endlich so weit. Am Freitag rief sie bei mir an, teilte mir mit, dass ein Zusteller aus gesundheitlichen Gründen aufhören musste und fragte mich, ob ich nicht Lust hätte, dessen Touren zu übernehmen. Und ob! Nichts lieber als das. Dies ist für mich der erste Schritt in Richtung finanzielle Unabhängigkeit, die ich gern wieder erreichen möchte. Sicher, ich habe mich inzwischen an die Zahlungen vom Sozialamt gewöhnt, aber eine Dauerlösung ist das nicht.

Ich werde mit den beiden Zeitungstouren ca. 250 Euro verdienen. Mein Vorgänger-Zusteller, ein Rentner, hat diese Arbeit fast ein Jahrzehnt lang gemacht und hätte auch nicht aufgehört, wenn ihn nicht gesundheitliche Gründe dazu gezwungen hätten. „Die beiden Touren sind jedoch relativ lang, Sie werden jedes Mal zwischen 4 und 5 Stunden am Stück unterwegs sein" gab Frau Greiner zu bedenken. Dies stört mich jedoch nicht im Geringsten. Ich bin Sportlerin und gegen ein zusätzliches Training habe ich nichts einzuwenden. Wenn dieses noch dazu beiträgt, meine Haushaltskasse aufzubessern, was will ich mehr?

Weniger erfreulich ist, dass ich immer noch kein Girokonto habe. Meine alte Bank weigert sich, die Kündigung meines Kontos zurückzunehmen. Auch die Beschwerde bei der Schiedsstelle hat keinen Erfolg gebracht. Ich bin für die als Kundin untragbar und damit werde ich mich wohl abfinden müssen. Hoffentlich muss ich mich nicht damit abfinden, dauerhaft ohne Girokonto zu leben. Dann muss ich wohl Frau Greiner reinen Wein einschenken. Wenn ich Glück habe, zahlt sie mir meinen Lohn bar aus, wenn nicht, bin ich den Job los.

Aufgeben werde ich jedenfalls so schnell nicht. Ich habe noch die Beschwerde gegen die Nichteinrichtung eines Kontos bei der anderen Bank laufen und wenn es dort nicht klappt, suche ich eben weiter.

*

In den letzten Tagen habe ich gezielt Sprints und Tempoläufe in mein Training aufgenommen. Ich möchte mich nicht auf bestimmte Streckenlängen bei meinen Wettkämpfen festlegen, sondern noch vieles ausprobieren.

Heute steht z.B. ein 5.000 m-Bahnlauf auf dem Programm. Dies sind 13,5 Stadionrunden. Noch nie bin ich diese Strecke in einem Wettkampf gelaufen. Umso mehr reizt es mich heute, zu testen, zu welcher Leistung ich hierbei in der Lage bin. Kerstin möchte auch mitmachen. Dies ist ein zusätzlicher Ansporn für mich. Schon bei unseren gemeinsamen Trainingseinheiten bin ich immer bemüht, mein Bestes zu geben und dies gilt natürlich erst recht bei einem Wettkampf.

Wettkämpfe im Stadion haben gegenüber denen im Gelände Vor- und Nachteile. Im Stadion ist man ständig in unmittelbarem Kontakt mit dem Publikum, welches einen durch Applaus sehr stark motivieren kann, jedoch auch mitbekommt, wenn man keine gute Leistung bringt. So hat man das Gefühl, ständig beobachtet zu werden und möchte sich natürlich nicht blamieren. In dieser Situation meldet sich bei mir regelmäßig die Angst davor, den Anforderungen des Wettkampfes doch noch nicht gewachsen zu sein. Schließlich trainiere ich erst seit wenigen Monaten und meine Konkurrenten haben oft jahre- bis jahrzehntelange

Wettkampferfahrung.

Kurz nach dem Start des 5.000 m-Laufes habe ich das Gefühl, alle rennen mir in einem blitzschnellen Tempo davon. Das kann ja heiter werden! Ich sehe mich schon weit abgeschlagen hinterherlaufen und mich mit letzter Kraft ins Ziel retten.

Erst nachdem einige Runden gelaufen sind, fühle ich mich etwas besser. Das Feld hat sich aufgeteilt in schnelle und langsame Läufer und ich habe das Gefühl, mich im guten Mittelfeld zu befinden. Damit kann ich zufrieden sein. Gleichmäßig laufe ich Runde für Runde und werde dabei vom Beifall der Zuschauer begleitet.

Nach 10 gelaufenen Runden höre ich plötzlich von hinten eine bekannte Stimme: „Sehr gut, mach weiter so!" Das ist Kerstin. Sie ist gerade dabei, mich zu überrunden. Dies stört mich jedoch nicht, schließlich habe auch ich viele

langsamere Läufer ein- oder auch mehrmals überrundet. Fast alle ließen mich vorbeiziehen, nur am Anfang erlebte ich, dass ein junger, ca. 20-jähriger Mann mich partout nicht vorbeilassen wollte. Immer, wenn ich drauf und dran war, ihn zu überholen, beschleunigte er wieder. So ging das 2 Runden lang, am Ende war ich stärker und er musste mich ziehen lassen. Irgendwie kann ich das sogar verstehen. Welcher 20-jährige junge Mann lässt schon gern eine Frau und dazu noch eine, die ca. 15 Jahre älter ist, an sich vorbeiziehen? Bald habe ich dann gegenüber ihm mehr als 100 m Vorsprung, den er auch auf den späteren Runden nicht mehr einholen kann.

Nun geht es in die letzte Runde. Jetzt noch einmal alles geben! Ich laufe so schnell ich kann, unterstützt von dem tollen, motivierenden Publikum. Immer wieder vernehme ich den Beifall, der auch mir persönlich gilt.

Dann die letzten Meter: Unter Jubel und Bravo-Rufen sprinte ich durch das Ziel. Die Uhr bleibt bei 23,47 min stehen. Das ist eine Zeit, mit der ich mehr als zufrieden sein kann. Mein Ziel war eine Zeit um die 25 Minuten, nun habe ich diese Marke deutlich unterboten. Im Ziel sehe ich schon Kerstin, die auf mich wartet. Als sie mich sieht, gratuliert sie mir sofort zu meiner Leistung.

Heute stehe ich wieder auf dem Siegerpodest und zwar als Dritte meiner Altersklasse. Ich bekomme eine Urkunde und Blumen sowie als Sachpreis

4 Teegläser. Das ist hervorragend. So etwas könnte mir öfter passieren. Dinge, die ich mir nicht kaufen kann, erlaufe ich mir einfach. Wie praktisch. Meine Gesamtbilanz nach 3 Wettkämpfen kann sich sehen lassen: Ein Pokal, ein 1. und ein 3. Platz in meiner Altersklasse, 3 Urkunden, ein Sachgeschenk und ein Zeitungsartikel im lokalen Sportteil über meinen Altersklassensieg beim 1.000 m-Lauf.

*

Die Arbeitssuche gestaltet sich zwar sehr mühsam, trägt jedoch langsam Früchte. Frau Greiner hat mir in Aussicht gestellt, dass ich bald noch mehr Zeitungstouren übernehmen kann, wenn ich es denn möchte. Bis dahin werde ich meine beiden festen Touren laufen und mich nebenbei weiterhin als Springerin betätigen.

Es gibt jedoch auch andere Möglichkeiten.

So liegt heute eine Karte in meinem Briefkasten. Auf dieser steht, dass eine Prospektverteileragentur Leute sucht. Also, wenn ich schon ständig mit dem Zeitungswagen unterwegs bin, kommt es auf ein oder zwei Touren mehr pro Woche auch nicht mehr an.

Ich greife zum Telefonhörer und wähle die auf der Karte angegebene Nummer. Es meldet sich eine Frau Schuster. Auch sie ist sehr freundlich, ähnlich wie Frau Greiner. Arbeiten bei den Verteileragenturen nur nette Leute? Es scheint so.

Frau Schuster fragt mich, ob ich gleich am kommenden Wochenende Zeit habe und eine Tour übernehmen möchte, da sie ganz dringend jemand sucht. Ich lasse mich nicht zweimal bitten und sage spontan zu. „Gut" sagt Frau Schuster „Da freue ich mich, ich schicke Ihnen gleich Ihren Vertrag zu, den Sie mir dann bitte bis nächste Woche ausgefüllt zurückschicken. Außerdem sage ich unserem Fahrer Bescheid, dass er die Prospekte am Freitag bei Ihnen vor der Haustür abladen soll." Eine zweite Lohnsteuerkarte brauche ich für diese Tätigkeit auch. Obwohl ich bei der Agentur von Frau Greiner weniger als 400 Euro verdiene, muss ich bei der Agentur von Frau Schuster auf Lohnsteuerklasse VI arbeiten. Aber, das nehme ich in Kauf. Zuviel gezahlte Steuern kann ich mir immer noch am Jahresende über den Lohnsteuerjahresausgleich des Finanzamtes zurück holen. Die ersten 400 Euro, die man verdient, sind immer steuerfrei.

Ich werde heute noch zum Bürgeramt gehen und mir dort eine zweite Lohnsteuerkarte besorgen. Die Aussicht, mehr verdienen zu können, macht mir richtig gute Laune, obwohl mir durchaus bewusst ist, dass ich das ganze Wochenende mit dem Zeitungswagen unterwegs sein werde. Das stört mich allgemein nicht, nur wenn ich manchmal mitleidig von den vorbeilaufenden Passanten angeguckt werde, weil ich Zeitungen austrage, dann komme ich mir schon etwas komisch vor. Wenn man etwas tut und sich aus eigener Kraft aus seiner misslichen Lage beifreien will, wird man noch dumm angemacht. Das kann ich wirklich nicht verstehen. Oft geschieht dies gerade von den

Menschen, die selbst arbeitslos, aber der Meinung sind, es ist besser, sich auf seinem Arbeitslosengeld auszuruhen, als selbst aktiv zu werden. Wer keine Schulden hat, kann sich dies vielleicht leisten, ich jedenfalls nicht und solange ich keinen anderen Job finde, trage ich eben Zeitungen aus.

*

Ab heute bin ich wieder stolze Besitzerin eines Girokontos auf Guthabenbasis und zwar bei der Bank, die mir zunächst die Einrichtung eines Kontos verweigert hat.

Heute liegt ein Brief in meinem Briefkasten. Der Inhalt ist ein freundliches Begrüßungsschreiben von eben dieser Bank, die mich als neue Kundin willkommen heißt, gerade so als wäre es nie anders gewesen. Da sieht man, dass eine Beschwerde manchmal doch zum Erfolg führt. Ich hatte mich in den letzten Tagen schon auf ein dauerhaftes Leben ohne Girokonto eingerichtet. Umso größer ist die Freude, dass es nun doch anders gekommen ist.

Ich gewinne ein Stück persönlicher Freiheit zurück. Ab sofort kann ich meiner neuen Bank Überweisungsaufträge und Einzugsermächtigungen erteilen und muss keine Barüberweisungen am Postschalter mehr tätigen.

Meinen beiden Arbeitgebern kann ich endlich ein Konto mitteilen, auf das sie meinen Lohn überweisen können.

\*

Nach einer Pause von mehreren Wochen will ich wieder einen Wettkampf mitmachen. So klar, wie das heute ist, war das in der Zwischenzeit gar nicht mehr. Trotz erster sportlicher Erfolge habe ich mich ernsthaft gefragt, ob das intensive Training und die Wettkämpfe wirklich einen Sinn haben.

Ich sollte mich lieber um Arbeit kümmern. Ist das Lauftraining gar nur eine Flucht vor der Realität?

Am Ende kam ich jedoch zu dem Ergebnis, dass es alles gut ist, so wie es ist. Die Probleme, die ich gern lösen möchte, lassen sich momentan nicht so einfach lösen und so bringt mir der Sport wenigstens zeitweise Ablenkung, Erleichterung und nicht zuletzt das Gefühl, etwas leisten und mich beweisen zu können.

Je näher ich dem Wettkampfort komme, umso aufgeregter bin ich. Das kenne ich schon. Das war bei meinen bisherigen Wettkämpfen immer so, jedoch das Endergebnis konnte sich jedes Mal sehen lassen.

Beim heutigen Lauf spüre ich gleich nach dem Start richtige Angriffslust. Ich laufe in einem sehr schnellen Tempo los. Die zahlreichen Zuschauer am Rande der Strecke tun das Ihre, damit ich die letzten Reserven mobilisieren kann. Ich habe in dem Moment noch keine Ahnung, ob ich wirklich schneller bin als sonst und wie viele Frauen vor mir und wie viele hinter mir liegen.

Ich laufe Kilometer um Kilometer in diesem schnellen Tempo. Plötzlich, ich traue meinen Augen kaum, sehe ich Kerstin in einem Abstand von ca. 200 m vor mir. Nanu, denke ich, die hat wohl heute einen schlechten Tag erwischt. Anders kann ich mir das nicht erklären. Kann ich sie noch erreichen oder gar überholen? Ich laufe weiter mein Tempo und ahne noch nicht, wie schnell ich heute bin. Ich komme mir wie eine Maschine vor, die Kilometer um Kilometer abspult.

Dann ist das Stadion und damit das Ziel in Sicht. Von weitem höre ich den Stadionsprecher die schnellste Frau ankündigen. Dies ist Kerstin! Dann bin ich doch nicht etwa Zweite? Wenn Kerstin Gesamtsiegerin ist, dann kann sie heute auch keinen schlechten Tag erwischt haben. Mit diesen Gedanken im Kopf gelingt es mir, noch einmal zu beschleunigen. Bei meinem Einlauf ins Stadion nehme ich den Beifall und die Bravorufe der Zuschauer entgegen. Der Stadionsprecher begrüßt mich und zwar als zweitschnellste Frau!

Jetzt noch einmal ein richtiger Sprint ins Ziel! Dann durchlaufe ich die Zielgerade und die Uhr bleibt bei 43,02 min stehen! Das kann nicht wahr sein! Ich hätte mich damit um mehr als 5 Minuten gegenüber meinem letzten 10 km-Lauf verbessert. Der Stadionsprecher bestätigt diese Zeit. Ich bin nur noch fassungslos. Nie hätte ich geglaubt, heute so schnell laufen zu können.

Derartige Zeiten hätte ich mir erst nach jahrelangem Training zugetraut.

Jetzt werde ich ganz bestimmt weiterlaufen. Alle Gedanken ans Aufhören, die ich in den Wochen zuvor hatte, sind wie weggeblasen.

Ich sehe Kerstin an der Seite stehen und als sie mich sieht, kommt sie auf mich zu, umarmt mich und sagt: „Großartig, ich gratuliere dir!" Ich merke ihr an, dass sie sich wirklich mit mir freut.

Trotzdem kommt mir das alles so unwirklich vor. Ich bin Zweite hinter Kerstin in einer traumhaften Zeit, das muss ich erst einmal verarbeiten. Von wegen Kerstin hatte heute einen schlechten Tag. Sie ist gelaufen wie immer. Meine vielen langen, einsamen Trainingsläufe und dazu das Training im Verein haben sich gelohnt.

Nach und nach erhole ich mich von der körperlichen Anstrengung, stärke mich an der Verpflegungsstelle und gehe dann in Richtung Umkleideraum. Dort nehme ich die Glückwünsche der anderen Frauen entgegen. Ich genieße dieses schöne Gefühl. Ach, könnte das Leben doch immer so sein! Ich werde für meine Erfolge gefeiert und bin nicht die Versagerin, als die ich mich in letzter Zeit oft gefühlt habe. Natürlich nicht im Sport, aber im sonstigen Leben.

Noch schöner ist die anschließende Siegerehrung. Ich werde mit meiner Leistung gewürdigt, der Sprecher sagt, er habe erfahren, dass ich erst seit 3 Monaten laufe und da ich heute schon solch eine Superzeit hingelegt habe, sei dies einen Sonderapplaus wert. Das lassen sich die umstehenden Zuschauer nicht zweimal sagen. Ich bekomme einen wunderschönen Blumenstrauß und eine Urkunde überreicht.

Nach der Siegerehrung fragt mich Kerstin, ob ich Lust habe, mit ihr noch einen Kaffee trinken zu gehen. Natürlich. Ich möchte meinen Erfolg mit ihr zusammen feiern.


Wir fahren in das Stadtzentrum und gehen in eines meiner Lieblingscafés. Sehr oft war ich schon dort und habe mir nachmittags einen Kaffee und ein Stück Kuchen gegönnt, immer dann, wenn ich finanziell etwas flüssig war.

Allein macht das Kaffeetrinken aber nur halb so viel Spaß wie zusammen mit Kerstin. Sie erweist sich wieder einmal als sehr aufmerksame und einfühlsame Zuhörerin und macht mir Mut, meinen Weg weiter zu gehen. „Du hast in letzter Zeit schon eine Menge erreicht, sowohl im Sport als auch im Alltag, mach weiter so" sagt sie zu mir. Ich hatte vor einigen Wochen Gelegenheit, ihr von meinen Schulden zu erzählen. Sie reagierte auch hier großartig. Sie zeigte weder Mitleid, noch Verachtung, sondern echtes Mitgefühl und Interesse an meiner Situation.

Wir diskutieren über mein weiteres sportliches Trainingsprogramm. Angespornt durch meinen heutigen Erfolg, möchte ich mich nun neuen Herausforderungen stellen. Mein bisheriges Trainingsprogramm ist sehr vielseitig. Einmal pro Woche laufe ich im Stadion und mache dabei hauptsächlich Sprint- und Mittelstreckentraining. Zweimal in der Woche laufe ich Strecken zwischen 8 und 15 km Länge und einmal, meist am Wochenende, 20 km und mehr am Stück.

In 2 Wochen ist ein Leichtathletikmeeting. Da werde ich 100 m, 800 m und vielleicht auch 400 m laufen. Letztere Strecke gilt als die härteste aller Laufstrecken. Man muss das Sprinttempo eines 100 m-Laufes über die ganze Stadionrunde durchhalten. In meiner Jugend bin ich diese Strecke einmal in einem Wettkampf gelaufen und habe mir damals geschworen, dies nie wieder zu tun. Ich war am Ende total fertig, hatte das Gefühl, an meiner Leistungsgrenze angelangt zu sein und mir war richtig schlecht. Eigentlich dürfte diese Erfahrung dazu ausreichen, auch heute von dieser Strecke Abstand zu nehmen. Aber, wie sagt man so schön, die Zeit heilt alle Wunden. Natürlich heilt die Zeit auch so manche unangenehme Erfahrung. So will ich es nun noch einmal wissen. Seit damals sind ca. 20 Jahre vergangen und vielleicht komme ich ja heute mit den 400 m besser klar. Einen Versuch ist es in jedem Fall wert.

Aber, ich will nicht zur Sprinterin werden, sondern in erster Linie weiter lange Strecken von 10 km und mehr laufen. Im Training schaffe ich ohne Probleme 20 km am Stück und habe dabei meist das Gefühl, dass ich noch länger laufen könnte. Aus diesem Grunde plane ich für den Oktober die Teilnahme an einem Halbmarathon. Dies sind 21,1 km. Ich glaube, ich kann mich an diese Strecke heranwagen. Kerstin rät mir zu und sagt, ich solle beim ersten Mal auf keinem Fall auf Zeit, sondern langsam laufen. Wenn ich die Strecke durchhalte, ist dies in jedem Fall ein Erfolg.

Wir sitzen fast 2 Stunden im Café und plaudern. Ich merke nicht, wie die Zeit vergeht. So wie mit Kerstin konnte ich seit langem mit niemand mehr reden. Das tut gut.

Ich wusste schon gar nicht mehr, wie es sich anfühlt, eine gute Freundin zu haben.

*

Dieses Wochenende steht bei mir das Leichtathletiksportfest, bei dem ich 100 m, 800 m und eventuell auch 400 m laufen will, auf dem Programm.

Am heutigen Samstag finden der 100 m-Lauf und der 800 m-Lauf statt, morgen dann der 400 m-Lauf. Ob ich da mitmache, entscheide ich allerdings erst heute Abend, je nachdem wie ich mich fühle.

Seit einiger Zeit ist es gar nicht mehr so einfach, am Wochenende Zeit für die Wettkämpfe zu finden, da ich ständig mit Prospekten und Zeitungen unterwegs bin.

Früh trage ich erst meine Prospekte aus, dann frühstücke ich und mache mich anschließend auf den Weg in Richtung Stadion. Fast die ganze Palette der Leichathletik ist da heute zu sehen, angefangen von Laufwettbewerben über Weit- und Hochsprung bis hin zu den Wurfwettbewerben. Wer weiß, vielleicht starte ich ja im nächsten Jahr auch im Hochsprung. Vor 2 Wochen war ich das erste Mal in der Trainingsgruppe bei uns im Verein. Es hat mir sehr gut gefallen. Meine beiden Mitstreiterinnen sind 23 und 28 Jahre alt, also deutlich jünger als ich. Das stört mich jedoch nicht, zumal ich mich mit ihnen gut verstehe und ich mich leistungsmäßig durchaus mit ihnen messen kann. Nun ist der Dienstagabend bei mir fest für das Hochsprungtraining reserviert.

Im Stadion angekommen, sehe ich den anderen Wettkämpfern noch eine Zeit lang zu, dann ist es Zeit für mich, zum 100 m-Start zu gehen. Es gibt insgesamt 27 Teilnehmer. Alle werden in ihrer entsprechenden Altersklasse gewertet. Es gibt mehrere Durchgänge und ich starte im 2. Durchgang. Am Start bin ich extrem nervös. Mein letzter 100 m-Lauf liegt mehr als 20 Jahre zurück.

Unter den Teilnehmern sind fast alle Altersklassen vertreten, angefangen vom 18-jährigen Jugendlichen bis hin zum 74-jährigen Rentner. Na ja, schneller als der Rentner werde ich schon noch laufen können.

Dann der Startschuss. Zwei Jugendliche schießen sofort wie der Blitz davon. Bei denen habe ich nicht die geringste Chance, auch nur annähernd hinterher zu kommen. Aber es bleiben auch viele hinter mir. Im Ziel bleibt die Uhr für mich bei 15,1 Sekunden stehen. Ich bin fassungslos. Das ist genauso schnell, wie damals in der 9. und 10. Klasse. Im Ziel bin ich total geschafft, erhole mich jedoch auch hier erstaunlich schnell. Ich habe noch Gelegenheit, den Teilnehmern des 3. und 4. Durchganges zuzusehen, dann mache ich mich erst einmal auf den Weg ins Wettkampfbüro. Nach einer Zeit des Wartens erfahre ich, dass ich die Konkurrenz in meiner Altersklasse gewonnen habe. Insgesamt sind hier 3 Frauen gestartet, die anderen beiden liefen jedoch Zeiten von 17,0 bzw.

17,2 Sekunden, waren also deutlich langsamer als ich. Ich bin glücklich, auch über die Sprintstrecke ein super Ergebnis erzielt zu haben und nehme mir vor, an weiteren 100m-Läufen teilzunehmen.

Viel Zeit zum Nachdenken und Verschnaufen bleibt mir jedoch nicht, bald heißt es für mich, zum 800 m-Start zu gehen. Hierfür habe ich mir vorgenommen, am Anfang nicht zu schnell loszulaufen, um dann am Ende noch genügend Kraft für einen Schlussspurt zu haben. Wenn man zu schnell losläuft, wird die zweite Hälfte der 800 m meist eine Qual. Im Extremfall bleibt dann nichts anderes, als das Rennen aufzugeben.

Ich gehe zum Start und warte zusammen mit den anderen Frauen auf den Startschuss. Auf los geht`s los!

Sofort bildet sich an der Spitze eine kleine Gruppe von 3 Läuferinnen. Ich lasse mich davon jedoch nicht verrückt machen und laufe mein Tempo. Am Ende der ersten Stadionrunde habe ich einen Platz im vorderen Mittelfeld und genügend Kraft, um noch einmal zu beschleunigen. Ich überhole nach und nach erst eine Frau, dann noch eine, dann noch eine und so weiter. Noch knapp 100 m. Eine Frau ist noch vor mir. Jetzt noch einmal einen Sprint! Auf den letzten Metern liefere ich mir mit der Frau einen erbitterten Zweikampf um den Sieg. Am Ende liege ich knapp vorn. Ich bin Gesamtsiegerin in einer Zeit von 2,29 min! Das darf alles nicht wahr sein. Ich denke, ich träume. Nicht nur der Sieg kommt mir so unwirklich vor, sondern auch die Zeit. Nach und nach nehme ich die Glückwünsche der anderen Frauen entgegen. Immer wieder bekomme ich Komplimente dafür, wie gut ich mir das Rennen eingeteilt habe und wie taktisch klug ich gelaufen bin.

Meine Ergebnisse am heutigen Tag haben meine kühnsten Erwartungen übertroffen. Nun ist klar, dass ich morgen die 400 m laufen werde.

*

Einen Tag später mache ich mich wieder auf den Weg in Richtung Stadion. Ich kann es kaum erwarten, wieder an den Ort zurückzukehren, der mir gestern zwei großartige Erfolge beschert hat. Kann ich heute daran anknüpfen? Immerhin habe ich nicht nur die zwei Läufe von gestern, sondern auch etliche Kilometer Zeitungstouren in den Knochen und die 400 m sind ein verdammt hartes Rennen, vielleicht sogar die größte Herausforderung der ganzen Leichtathletik.

Ich betrachte meine Teilnahme am heutigen Lauf mehr als Ausflug auf diese Strecke und habe großen Respekt vor allen Frauen und Männern, die sich hauptsächlich den 400 m verschrieben haben.

Im Stadion angekommen, mache ich mich als erstes auf den Weg in Richtung Wettkampfbüro. Dort erfahre ich, dass sich für den 400 m-Lauf nur 4 Frauen angemeldet haben und die anderen alle deutlich jünger als ich sind.

Hoffentlich wird das kein Reinfall für mich. Noch kann ich umkehren. Ich habe gestern zwei Erfolge erzielt. Soll ich es wirklich riskieren, mich heute zu blamieren? Ich bin in diesem Moment drauf und dran, meine Teilnahme zurückzuziehen. Ich könnte mich noch ein wenig unter die Zuschauer mischen und mir dann einen schönen Tag machen. Eine sehr verlockende Vorstellung.

Mein Kampfgeist siegt jedoch. Ich begebe mich zum Start und

nehme hinter meinem Startblock Platz. Bald wird es ernst.

„Auf die Plätze, fertig, los!" Ab geht die Post! Gleich nach dem Start laufe ich sehr schnell los. Ich denke, das ist hier richtig, schließlich ist der Lauf nach einer Stadionrunde beendet und nicht erst nach zwei. Nach ca. 200 m habe ich dennoch das Gefühl, keine Kraft mehr zu haben. Ich spüre wie meine Beine schwerer werden und mir ist unklar wie ich die restlichen 200 m noch schaffen soll. Das geht sicher nur, wenn ich deutlich langsamer werde und die anderen an mir vorbeiziehen lasse. Verdammt, warum habe ich mich bloß auf diese 400 m eingelassen? Muss ich denn unbedingt alles können? Kann ich mich nicht mit dem begnügen, was ich schon erreicht habe? Das habe ich nun davon. Dann werde ich eben Letzte. Ich drossele mein Tempo und liege beim Einbiegen in die Zielgerade tatsächlich hinten.

Dann spüre ich noch einmal neue Kraft und jetzt heißt es für mich, alles, ja wirklich alles zu geben. Ich habe in dem Moment das Gefühl, an meine absolute Belastungsgrenze zu kommen. Aber, was soll's, noch 100 m, dann habe ich es geschafft. Und, 100 m können verdammt lang sein! Ich hole das Letzte aus mir heraus und so gelingt es mir, noch eine Frau zu überholen und am Ende Gesamtdritte zu werden. Was will ich mehr. Ich freue mich riesig über die Bronzemedaille. Die ist für mich so viel wert wie eine Goldene.

Unmittelbar nach dem Zieleinlauf habe ich mir geschworen: Nie wieder 400 m! Dies habe ich jedoch schon nach 20 Minuten, als es mir wieder besser ging, widerrufen. Natürlich werde ich die nächste Gelegenheit nutzen, um über 400 m an den Start zu gehen. Das gilt natürlich auch für die 100 m und die 800 m. Ich genieße die Ausflüge auf die Sprint- und Mittelstrecken sehr.

In Mecklenburg-Vorpommern wird jedes Jahr im Sommer ein Läufermehrkampf veranstaltet. Die Teilnehmer laufen Strecken von 100 m bis 10.000 m innerhalb eines Wochenendes. Die Ergebnisse werden addiert und gewonnen hat am Ende, wer die schnellste Gesamtzeit hat. Da würde ich gern im nächsten Jahr mitmachen.

Nach einem erfolg- und ereignisreichen Wochenende genieße ich den Sonntagabend bei mir zuhause vor dem Fernseher und gehe gegen 22 Uhr ins Bett. Ich schlafe in der kommenden Nacht prächtig und wache am nächsten Morgen mit Muskelkater, aber zufrieden und glücklich auf.

*

Heute will ich mich einer ganz besonderen sportlichen Herausforderung stellen. Ich habe mich dazu entschlossen, einen Halbmarathon in Angriff zu nehmen.

Wie auch an anderen Samstagen beginnt der heutige Tag mit dem Zeitungen austragen. Wenn ich meine Arbeit noch vor dem Wettkampf erledigen will, heißt das meist, dass ich zwischen 3 und 4 Uhr aufstehen muss, um alles auf die Reihe zu bekommen. So auch heute. Es ist kein Vergnügen so früh allein in der Dunkelheit draußen herumzulaufen aber ich bin froh, dass ich diese Arbeit gefunden habe.

Gegen 6 Uhr bin ich zurück, frühstücke, packe dann meine Sporttasche und mache mich auf den Weg zum Halbmarathon. Eigentlich bin ich todmüde und möchte wieder ins Bett. Stattdessen habe ich nichts Besseres zu tun, als 21,1 km zu laufen. Ich muss wirklich ein bisschen verrückt sein.

Am Wettkampfort angekommen, gehe ich zum Organisationsbüro, hole meine Startnummer, ziehe mich um und laufe mich anschließend warm.

Wir Halbmarathonläufer werden zusammen mit den 10 km-Läufern starten, Letztere werden jedoch nach der ersten Runde ins Ziel laufen und wir müssen noch eine zweite Runde laufen. Ich bin sehr aufgeregt und zweifle plötzlich an meinem Vorhaben. Nach nur wenigen Monaten Training schon auf solch eine anspruchsvolle Strecke gehen, wenn das bloß gut geht!

Punkt 10 Uhr fällt der Startschuss. Bekannte habe ich unter den Teilnehmern noch nicht entdeckt. Kerstin wollte heute nicht kommen. Sie mag am liebsten Strecken zwischen 10 und 15 km, Halbmarathon ist nicht so ganz ihr Metier.

Nach dem Start laufe ich relativ langsam los, heißt es doch vor allem am Anfang, Kräfte zu sparen.

Den 10 km-Punkt durchlaufe ich in einer Zeit von 47 Minuten. Das hätte ich gar nicht gedacht. Mir kommt mein Lauftempo viel langsamer vor. Umso mehr freue ich mich darüber, dass ich noch relativ frisch bin, um die zweite Runde in Angriff zu nehmen. Ich laufe weiter in meinem Tempo und erst gegen Ende spüre ich Lust, noch einmal zu beschleunigen. Erstaunlicherweise läuft die zweite Runde sogar viel besser als die erste. Ich habe auf der ganzen Strecke nicht eine Schwächeperiode und fühle mich blendend. Es könnte noch ewig so weitergehen. Nun habe ich keinen Zweifel mehr, dass ich die Strecke schaffe. Dann kommt der Hinweis: „Noch 3 Kilometer". Also, das wäre bald geschafft. Die Zeit ist mir im Moment egal, Hauptsache ich komme ins Ziel.

Allein die Tatsache, einen Halbmarathon geschafft zu haben, würde reichen, mich für ein paar Tage in ein Hochgefühl zu versetzen.

Dann der letzte Kilometer. Ich fühle mich gut und beschleunige noch einmal. Jetzt kann mir fast nichts mehr passieren. Bald ist das Ziel in Sicht. Am Rande der Strecke stehen die Zuschauer. Deren Beifall und Bravorufe motivieren mich zusätzlich.

Am Ende laufe ich durchs Ziel und bin nur noch glücklich. Die Uhr bleibt bei 1 h und 37 min stehen. Diese Zeit zu erfahren ist eine zusätzliche Freude. Ich hätte mich auch mit einer wesentlich schlechteren Zeit zufrieden gegeben.

Bald erfahre ich, dass ich Gesamtzweite bei den Frauen geworden bin. Ich nehme die Glückwünsche der zahlreichen Läufer und Läuferinnen, die in meiner Nähe stehen, entgegen. Ich fühle mich wie auf Wolke Sieben. Verflogen ist die Müdigkeit von heute früh.

Bei der anschließenden Siegerehrung genieße ich meinen Triumpf und den Beifall der Zuschauer.

\*

Den Halbmarathon habe ich gut verkraftet und so möchte ich nun, nur eine Woche später, wieder einen Wettkampf in Angriff nehmen. Dies wird der Letzte vor der Winterpause sein. Wenn es nicht so kalt ist, werde ich sicher den Silvesterlauf mitmachen, dann noch die Hallenmeisterschaften im Januar, ansonsten geht es erst

im März weiter. Ich weiß schon heute, dass mir etwas fehlen wird. Mit Wehmut begebe ich mich an den Wettkampfort.

Schon vor dem Stadion höre ich den Sprecher. Ich gehe weiter, hole meine Startnummer im Organisationsbüro, mache mich mit dem Streckenprofil und den Ergebnissen des Vorjahres vertraut und dabei erinnere ich mich daran, dass ich vor einem Jahr nicht im Traum daran gedacht hätte, wieder mit dem Laufen zu beginnen. Damals war ich noch damit beschäftigt, mein Kosmetikstudio zu retten. Irgendwie habe ich momentan das Gefühl, dies liegt alles schon so weit weg. Was nur innerhalb eines Jahres alles passieren kann!

Das Streckenprofil zeigt, dass der Lauf alles andere als leicht wird, im Gegenteil, er ist richtig anspruchsvoll. Es geht langsam bergauf, dann bleiben wir eine Weile oben auf der Höhe, dann geht es bergab, dann wieder bergauf, dann bleiben wir wieder auf der Höhe und am Ende geht es endgültig bergab. Der Anstieg am Anfang ist lang. So ein langer, langsamer Anstieg kann tückischer und kraftraubender als ein kurzer, aber steiler Anstieg sein. Bei Letzterem kann man auch einmal gehen, das ist bei so einem langsamen Anstieg schlecht möglich. Wenn man es dennoch tut, gerät man in Gefahr, zu viel Zeit zu verlieren.

Nach dem Start laufe ich in einem relativ gemächlichen Tempo los. Es gilt, Kraft für den Anstieg zu sparen. Mühsam geht es bergauf. Immer einen Schritt vor den anderen. Dann, endlich ein längeres flaches Stück! Eine Erholung zwischendurch. Dann geht es weiter bergauf. Die Steigung will einfach nicht enden! Nach ein paar kräftezehrenden Kilometern ist es endlich geschafft. Ich bin oben angelangt. Jetzt sollte es nur noch gerade weitergehen. Denkste! Immer wieder sind auf der Strecke kleine Steigungen zu laufen. Jetzt weiß ich endlich, warum mir Kerstin gesagt hat, dieser Lauf wäre einer der Schwierigsten in unserer Gegend und würde alles von einem fordern. Wie Recht hat sie! Vorher konnte ich mir beim besten Willen nicht vorstellen, was an einem 10 km-Lauf so schwierig sein soll. Nun weiß ich es besser.

Ab Kilometer 8 sollte es dann wirklich nur noch bergab gehen. Ich renne so schnell ich kann und überhole noch einige andere Läufer. Trotzdem werde ich heute bei diesem Lauf sicher keine Rekorde mehr brechen.

Dann kommen die letzten 500 m und das Stadion ist schon in Sicht. Nun noch einmal einen Sprint und dann ins Ziel! Mit meiner Zeit bin ich zufrieden: 44,22 min. Mehr war bei dieser schwierigen Strecke wirklich nicht drin. Viele andere Läufer bestätigen mir, dass man für diesen Lauf ca. 4 min mehr einplanen muss, als bei einer anderen 10 km-Strecke. Also wäre ich momentan schon in der Lage, einen „normalen" 10 km-Lauf in einer Zeit von ca. 40 min zu bewältigen. Ein toller Gedanke. Aber das hebe ich mir dann für das nächste Jahr auf.

Ich werde Gesamtzweite bei den Frauen. Die Siegerin lief 43 min und dies ist eine Frau, die sonst in der Lage ist, 10 km in 38 bis 39 min zu laufen.

Ich bin in Top-Form. Schade, dass jetzt der Winter kommt. Nun heißt es für mich, mit Fleiß und Ausdauer weiter zu trainieren und das trotz Kälte und Dunkelheit.

*

Gerade hatte ich mich dazu entschlossen, vorerst keine weiteren Aktivitäten zur Jobsuche mehr zu unternehmen, da geschieht ein kleines Wunder.

In der heutigen Ausgabe der Tageszeitung finde ich unter der Rubrik „Stellenangebote" eine sehr interessante Anzeige. Darin werden Nachhilfelehrer für Englisch gesucht. Das wäre es. Ich habe in der Zeit vor der Eröffnung meines Kosmetikstudios bereits an der Volkshochschule Englisch unterrichtet und diese Arbeit hat mir sehr viel Spaß gemacht. Warum sollte ich es also nicht einmal als Nachhilfelehrerin versuchen? Spontan greife ich zum Telefonhörer und wähle die angegebene Nummer. „Schmidt" meldet sich dort eine freundliche, sympathische Frau. „Ich habe Ihre Stellenanzeige gelesen und interessiere mich für eine Tätigkeit als Nachhilfelehrerin" sage ich zu ihr. Frau Schmidt will sogleich wissen, ob ich Lehrerin bin oder Unterrichtserfahrung habe. „Ja, ich habe an der Volkshochschule gearbeitet" erwidere ich. Das findet Frau Schmidt interessant und fragt mich, ob ich kurzfristig in ihr Nachhilfeinstitut zu einem Vorstellungsgespräch kommen kann, da sie wirklich dringend jemand sucht. Wir besprechen die verschiedensten Terminalternativen und kommen dann überein, dass es die beste Lösung ist, wenn ich gleich zu ihr komme. „Bringen Sie bitte Ihre Zeugnisse und Befähigungsnachweise mit" fordert mich Frau Schmidt auf.

Nach dem Ende unseres Telefongespräches suche ich alle Unterlagen zusammen und mache mich sogleich auf den Weg. Ich bin sehr aufgeregt. Es geht bei dem Gespräch um viel. Ich habe die Chance, nach längerer Zeit endlich wieder einmal eine anspruchsvolle Arbeit zu tun und nicht nur Zeitungen auszutragen.

Das Büro der Nachhilfeagentur befindet sich im Zentrum von Erfurt und ist für mich gut erreichbar. Ich klingle an der Tür und kurz darauf öffnet mir Frau Schmidt und heißt mich willkommen. Sie ist sehr freundlich. Das ist ein gutes Zeichen. Vielleicht wird es ja tatsächlich etwas mit einer Zusammenarbeit. Ich kann das gar nicht mehr glauben. Zu viele Enttäuschungen habe ich in letzter Zeit erlebt. Unser Gespräch verläuft dann auch sehr positiv und am Ende kommt es bereits zu einem Vertragsabschluss. Nachhilfelehrer sind ausschließlich auf freiberuflicher Basis beschäftigt. Dagegen habe ich nichts. Das gefällt mir sogar besser, als eine Festanstellung. Ab nächste Woche kann ich bereits die erste Gruppe übernehmen, mit der Aussicht, weitere Gruppen oder auch Einzelschüler zu bekommen, falls ich meine Arbeit gut mache und die entsprechende Nachfrage da sei.

Wir reden fast eine Stunde miteinander. Frau Schmidt gibt mir bereits erste Einblicke in meine künftige Aufgabe. Ich übernehme eine Gruppe von Realschülern aus der 7. und 8. Klasse. Es gibt keinen festen Stundenplan, im Rahmen der Nachhilfe soll auf die

Bedürfnisse der einzelnen Schüler eingegangen werden. „Die meisten Schüler sind nett, nur in Einzelfällen kommt es zu Problemen, in diesem Falle können Sie sich aber jederzeit an uns wenden" sagt Frau Schmidt. Das ist sehr tröstlich.

Schließlich verlasse ich gut gelaunt die Nachhilfeschule und schließe noch einen Stadtbummel an. Dabei gehen mir verschiedene Fragen durch den Kopf, so zum Beispiel die Frage, ob ich neben meiner Arbeit als Nachhilfelehrerin noch weiter Zeitungen austragen kann. Was ist, wenn mich einer meiner Schüler mit dem Zeitungswagen sieht? Ich glaube, das wäre nicht so gut.

*

Drei Tage nach dem Vorstellungsgespräch habe ich bereits meine erste Nachhilfestunde. In meiner Gruppe sind normalerweise vier Schüler, für heute haben sich jedoch zwei von ihnen entschuldigt. Das macht die Sache etwas leichter. So muss ich mich in meiner ersten Stunde nur dem Urteil von zwei und nicht von vier Schülern stellen.

Ich bin schon 15 Minuten vor dem Beginn des Unterrichts vor Ort und bereite mich vor. Es fällt mir dabei schwer, mich zu konzentrieren, da ich sehr aufgeregt bin. Was ist, wenn ich heute nicht gut bin und die Schüler sich anschließend bei Frau Schmidt über mich beschweren? Dann wäre ich meinen neuen Job wieder los. Nein, daran will ich gar nicht denken. Ich werde mein Bestes geben.

Schließlich treffen die beiden Schüler ein. Am Anfang bitte ich sie, sich mit einigen Sätzen persönlich vorzustellen, natürlich auf Englisch. Dann tue ich dasselbe. Anschließend frage ich sie, was ihnen am Fach Englisch besonders schwer fällt. „Die Grammatik" ist die einhellige Antwort. Wie konnte es auch anders sein. Englische Vokabeln sind für Deutsche leicht zu lernen, die Grammatik ist dafür umso schwerer. Ich mache mit den beiden noch einige kurze Testes und dann ist unsere Zeit auch schon herum. Das ging viel schneller, als ich dachte. Nach unserer Stunde verabschieden sich die beiden freundlich von mir. „Bis nächste Woche" sagen sie. Das ist ein gutes Zeichen. Ich glaube, ich habe meine Sache ganz gut gemacht.

*

Inzwischen ist es Winter geworden. Der erste Schnee ist gefallen und es geht in großen Schritten auf Weihnachten zu. Noch knapp 3 Wochen, dann ist es soweit. Früher, in meiner Kindheit war dieses Fest für mich immer etwas ganz Besonderes. Erst das Warten und die festliche Stimmung im Advent und dann war es endlich soweit. Am 24. Dezember kamen nachmittags immer meine Oma und mein Opa, wir tranken erst zusammen Kaffee, dann saßen wir gemütlich beisammen und hörten Weihnachtslieder. Alles hatte so einen Hauch von Ruhe, Frieden und Eintracht. Dazu kam dann noch die Aufregung vor der Bescherung. Diese legte sich bei mir zwar mit zunehmendem Alter, es blieb jedoch das Gefühl, dass dieses Fest das Schönste im Jahr ist. Nach dem Tod meiner Eltern war nichts mehr wie vorher, jedoch solange meine Oma noch lebte, haben wir diesen Tag immer gemeinsam verbracht und dachten bei dieser Gelegenheit an alle, die nicht mehr unter uns sind. Die Freude an diesem Fest vereinte uns. Wir verbrachten nicht nur den 24., sondern auch den 25. und 26. Dezember miteinander.

Seit dem Tod meiner Oma hat Weihnachten für mich an Glanz verloren. Jetzt bin ich sogar froh, wenn diese Zeit vorbei ist, das neue Jahr anfängt, die Tage wieder länger werden und baldige Aussicht auf den Frühling besteht.

Wenn ich könnte, würde ich dem ganzen Trubel entfliehen. In der

Erfurter Innenstadt ist zur Zeit der Weihnachtsmarkt. Aus diesem Grunde sind hier viel mehr Menschen anzutreffen, als sonst. Man hat das Gefühl, alles dreht sich nur um den Konsum. Dass die Adventszeit eigentlich eine Zeit der Stille und der Besinnung sein sollte, davon merkt man nichts. Jetzt möchte ich in einem einsamen, verschneiten Bergdorf sein und am liebsten dort bleiben, bis Weihnachten und Silvester vorbei sind.

Auch wenn das nicht geht, werde ich trotzdem versuchen, die nächsten Wochen auf meine ganz eigene Weise zu gestalten. Den Konsumterror kann ich aus nahe liegenden Gründen sowieso nicht mitmachen.

Die Weihnachtstage werde ich allein verbringen und nutze sie dazu, eine Jahresbilanz zu ziehen.

Vor einigen Wochen habe ich damit begonnen, Tagebuch zu führen. Das hilft mir sehr dabei, Klarheit und innere Ruhe zu finden.


Ansonsten gibt es nicht viel Neues. Ich trage nach wie vor Zeitungen aus. Zweimal in der Woche arbeite ich zudem als Nachhilfelehrerin. Es macht mir großen Spaß, mit den Schülern zu arbeiten und auch die Agenturleiterin Frau Schmidt ist zufrieden mit mir. So kann ich mir berechtigte Hoffnungen darauf machen, dass aus dieser Nebentätigkeit eine dauerhafte Beschäftigung wird und ich im nächsten Jahr weitere Gruppen und Einzelschüler bekomme. Mein Honorar aus dieser Tätigkeit wird nicht dazu ausreichen, um davon leben zu können, aber ein stabiler Nebenverdienst,

das ist auch schon einmal etwas.

Mein großes Ziel für nächstes Jahr ist, meinen Lebensunterhalt wieder vollständig aus dem Erlös von eigener Arbeit bestreiten zu können. Bis dahin ist jedoch noch ein weiter Weg und es muss mir gelingen, weitere Einnahmequellen zu finden. Dies erfordert vor allem Zeit und Geduld. Man darf sich nicht der Illusion hingeben, nach 4 Wochen Suche seinen Traumjob zu finden, sondern muss viel kleinere Brötchen backen. Wenn man nach einem halben Jahr intensiver Suche einen Nebenjob findet, ist das heutzutage schon ein großer Erfolg.

Hin und wieder, ca. einmal im Monat, gehe ich noch zur Arbeitslosengruppe. Die Gruppe ist mir eine große Stütze, vor allem in den Momenten, wo es mir nicht so gut geht.

*

Trotz Dunkelheit und Kälte versuche ich, mein sportliches Training nicht zu vernachlässigen. Dieses spielt sich zur Zeit fast nur in der Laufhalle unseres Vereins ab. Es ist etwas mühsam und monoton, dort immer nur Runden zu drehen, jedoch besser, als bei Schnee und Glatteis draußen herumzulaufen und vielleicht noch hinzufallen und sich zu verletzen. Dieses Risiko ist mir zu groß. Da keine Wettkämpfe anstehen, fehlt mir zur Zeit etwas die Motivation zum Training. Ich hoffe, dass es an Silvester nicht zu kalt sein wird, damit ich wenigstens den Silvesterlauf mitmachen kann. Anfang Januar plane ich dann die Teilnahme an den Hallenmeisterschaften unseres Vereins, wo ich die 200 m, 400 m, 800 m und 3.000 m laufen möchte. Das ist für ein Wochenende ein immenses Pensum, aber ich kann mal wieder nicht genug kriegen. Auf meine Teilnahme am Hochsprungwettbewerb verzichte ich in diesem Jahr noch, obwohl ich regelmäßig trainiere und auch in dieser Disziplin beachtliche Fortschritte mache.

Ich bin in einer Trainingsgruppe mit zwei sehr interessanten jungen Frauen. Die eine, Brita, ist nicht nur Hochspringerin, sondern auch Stabhochspringerin sowie Turnerin und Artistin. Sie tritt mit ihrem eigenen Programm auf und arbeitet nebenbei als Übungsleiterin für Turnen und Artistik. Ihr Leben besteht fast nur aus Sport. Einmal habe ich bei ihrer Show zugesehen und mir ist schon davon ganz schwindelig geworden. Ich kann ihr nur meine Bewunderung zollen. Die andere, Andrea, ist Hoch- und Weitspringerin und nimmt fast an jedem Wochenende an einem Wettkampf teil. Sie macht derzeit eine Ausbildung als Übungsleiterin in der Leichtathletik. Unsere Trainerin ist ein Jahr jünger als ich. Das ist schon ein komisches Gefühl. Ich kann jedoch leistungsmäßig gut mit den anderen mithalten und so macht es mir nichts aus, in unserem Gespann die Älteste zu sein.

Wie meine Wettkampfpläne im nächsten Jahr aussehen, weiß ich heute noch nicht. Das Laufen wird weiter die Hauptrolle spielen. Ich habe Erfolge auf nahezu allen Strecken, angefangen vom 100 m-Sprint bis hin zum Halbmarathon erzielt und würde im nächsten Jahr gern daran anknüpfen.

\*

Meine finanzielle Situation ist nach wie vor angespannt, jedoch konnte ich inzwischen mit der Schuldentilgung beginnen. Ich zahle jeweils 10 Euro an zwei meiner Gläubiger. Dies ist bei meiner Gesamtschuldenhöhe natürlich ein Tropfen auf den heißen Stein, trotzdem verleiht es mir ein gutes Gefühl, da ich endlich damit begonnen habe, diesen riesigen Schuldenberg abzutragen.

In der Tageszeitung las ich erst kürzlich ein Sprichwort, welches für meine Situation nicht treffender hätte sein können: „Der Mann, der den Berg abtrug, war derselbe, der damit begonnen hat, kleine Steine wegzuschaffen."

*

Die Weihnachtsfeiertage habe ich in aller Stille verbracht, genauso, wie ich mir das vorgenommen hatte. Ich bin viel spazieren gegangen, habe gelesen, Musik gehört und am Heiligen Abend war ich in der Kirche. Eine Einladung meiner Sportfreundin Kerstin, den ersten und zweiten Weihnachtsfeiertag mit ihr zu verbringen, habe ich ausgeschlagen. Nicht, das ich etwas dagegen gehabt hätte, mit ihr zusammen zu sein, aber ich wollte einfach meine Ruhe.

Heute ist nun der letzte Tag dieses Jahres und ich werde am Silvesterlauf teilnehmen. Trotz der kalten, ungemütlichen Jahreszeit habe ich in den letzten Wochen ohne Pause trainiert. Von einer Erkältung oder gar Grippe blieb ich bisher verschont. Dies führe ich auch auf meine regelmäßigen Saunagänge zurück. Ich bin wirklich dankbar dafür, dass ich die Sauna in meinem Sportverein nutzen kann. Die Preise in öffentlichen Saunas betragen 10 Euro und mehr und das kann ich mir nicht leisten.

Ich bin selbst erstaunt darüber, dass ich die kalte Jahreszeit diesmal ganz gut finde. Alles ist stiller und das Leben spielt sich hauptsächlich drinnen ab. Im Sommer, als es mir ganz schlecht ging, habe ich es fast nicht ertragen, all die glücklichen und fröhlichen Menschen in den Straßencafés sitzen zu sehen.

Ich bin froh, dass dieses Jahr zu Ende geht. So tief unten war ich noch nie in meinem Leben. Es kann für mich im neuen Jahr eigentlich nur noch besser werden.

Das Wetter am heutigen Tag ist ideal für meine Teilnahme am Silvesterlauf. Die Temperaturen liegen bei 5 Grad über Null, wären 10 Grad Minus, hätte ich mit Sicherheit auf eine Teilnahme verzichtet.

Es tut richtig gut, wieder einmal einen Wettkampf zu bestreiten.

Ich bin heute ca. 2 Stunden vor dem Start am Wettkampfort. Kerstin verzichtet auf eine Teilnahme. Sie fühlt sich nicht besonders in Form. Auch unter den anderen Läufern entdecke ich keine Bekannten. Ich gehe zur Umkleidekabine, ziehe mich dort um und anschließend laufe ich mich auf einer Rundstrecke warm.

Hierbei begegnet mir mehrmals ein und derselbe Läufer. Er ist ca. 40 Jahre alt, etwas größer als ich, wirkt sehr durchtrainiert und scheint super in Form zu sein.

Bei der ersten Begegnung laufen wir ohne Worte aneinander vorbei, bei der zweiten grüßt mich der Mann freundlich und beim dritten Mal wechseln wir bereits einige Worte miteinander. „Ich bin Andreas, komme aus Nürnberg und nehme heute schon zum fünften Mal am Erfurter Silvesterlauf teil" sagt er. „Dann muss das aber ein wirklich guter Lauf sein, wenn du dich jedes Mal extra auf den Weg nach Erfurt machst" entgegne ich. „Ja, ich mag es sehr, hier zu laufen, die Atmosphäre ist toll und es sind alle Leistungsgruppen, angefangen vom Freizeitsportler bis hin zum absoluten Profi vertreten. Genau das macht den Reiz der Veranstaltung aus" erwidert Andreas. Wir wechseln noch einige Worte miteinander, dann verabschieden wir uns für´s Erste voneinander.

Am Start sehe ich Andreas wieder. Er hat sich ganz vorn in die erste Reihe gestellt. Sicher wird er gleich wie ein Blitz davonziehen.

Punkt 10 Uhr fällt der Startschuss. Ich laufe relativ schnell los, drossele mein Tempo dann jedoch etwas, da ich merke, dass mir der Lauf heute etwas schwerer fällt als die letzten Läufe im Herbst. Trotzdem habe ich am Ende keine Probleme, die Strecke in einer guten Zeit zu schaffen. Ich erreiche 44,32 min und bin damit sehr zufrieden.

Im Zielbereich entdecke ich Andreas wieder. Es dauert nicht lange und er sieht auch mich. „Na, wie war es?" fragt er gleich. Ich sage ihm meine Zeit. „Das ist großartig, ich gratuliere dir" erwidert er. Ich erzähle ihm, dass ich erst seit ca. einem halben Jahr laufe und im Herbst auf der 10 km-Strecke schon Zeiten von ca. 43 min erreicht habe. Das verschlägt ihm glatt die Sprache. Dann sagt Andreas: „Das zeigt, dass du ein großes Talent bist, du solltest es nutzen." Der muss es ja wissen. Anschließend frage ich ihn, welche Zeit er gelaufen ist. „35,40 min" antwortet er. Ich bewundere ihn nur noch und sage: „Das ist eine Traumzeit, ich gratuliere." Andreas bedankt sich und erzählt mir dann, dass er sich auf solchen relativ kurzen Strecken, wie es die 10 km sind, eigentlich gar nicht zu Hause fühlt. Seine Welt sind Marathonläufe oder noch längere Strecken. Er habe schon an 100 km- und 24-Stunden-Läufen teilgenommen. Nur bei dem Gedanken daran wird mir ganz schlecht. Unvorstellbar, wie man 24 Stunden am Stück laufen kann. Das ist nur etwas für Verrückte. Damit aber nicht genug. Andreas ist auch Bergsteiger, Eiskletterer und Abenteurer. Er erzählt mir von seinen Touren in die Wüste und in das andere Extrem – die Arktis. Irgendwann will er auch in die Antarktis. „Heute Nachmittag fahre ich erst einmal zurück nach Nürnberg, dann packe ich meine Koffer und morgen geht es auf eine Bergtour in die Dolomiten" verrät mir Andreas. Er erzählt mir, was er dort vorhat: Felsen mit Überhängen, Eiswände, gefrorene Wasserfälle und noch mehr Schauriges! Dabei ist so ein Funkeln in seinen Augen, als ob es nichts Schöneres auf der Welt geben könnte, als sich in dieser schroffen, lebensfeindlichen Welt zu bewegen. Auf eine entsprechende Frage  bestätigt er mir genau dies. „Ja, es gibt für mich nichts Schöneres. Ich brauche diese Grenzerfahrungen wie die Luft zum Atmen." Dann sagt er noch etwas, was mich total schockiert: „Nur normale Felsen zu besteigen, das ist langweilig, ich brauche Eiswände und Überhänge." Ich glaube, meinen Ohren nicht trauen zu können. Ich selbst kann mir kaum vorstellen, jemals auch nur einen Meter einen Felsen hochzuklettern und Andreas findet Felsen langweilig! Ich schüttle nur noch den Kopf. Gleichzeitig bin ich jedoch fasziniert davon, einen leibhaftigen Abenteurer vor mir zu haben, einen Menschen von der Sorte, die ich bisher nur aus Helden- und Abenteuerromanen kannte. Ich konnte bisher nie verstehen, warum diese Menschen freiwillig so gefährliche Dinge tun und dafür ihr Leben riskieren. Vielleicht kann mir ja Andreas diese Frage beantworten.

Er sagt mir, dass er noch ca. 3 Stunden Zeit hat und wir könnten unser Gespräch gern in einem Café in der Innenstadt fortsetzen. Ich nehme dieses Angebot dankbar an.

Dort angekommen erzählt er mir von seinen zahlreichen Erlebnissen bei 100 km-Läufen, Wüsten- und Bergtouren. Aufregend ist so ein Leben am Limit schon, jede Tour könnte auch die Letzte sein. Andreas ist Mitglied der Ultramarathonvereinigung, das sind all die „Verrückten", denen ein Marathonlauf noch nicht lang genug ist.

Er klärt mich darüber auf, dass er sich in der Wüste bei 50 Grad Plus genauso zuhause fühlt wie in der Arktis bei 50 Grad Minus. Der Mann scheint einfach nicht für das normale Leben geschaffen zu sein. Er kennt Grönland und Spitzbergen, aber auch die Sahara und den tropischen Regenwald.

Irgendwie gefällt es mir, mich von ihm in seine Traumwelten entführen zu lassen, solange ich hier in diesem warmen Café sitzen kann und ihm nicht in die Eiswüste folgen muss.

Dann will ich von Andreas wissen, ob er Abenteurer vom Beruf ist. „Nein, ich bin Anwalt und habe eine eigene Kanzlei in Nürnberg" sagt er dann. Auch das noch.

Ich frage mich, ob er sich auch weiter mit mir unterhalten würde, wenn er wüsste, wie ich lebe. Er findet mich interessant. Würde er dies jedoch weiterhin tun, wenn er von meiner Pleite und den Schulden erfahren würde? Sicher nicht. Er würde sich auf der Stelle von mir verabschieden und gehen, so wie es viele andere schon gemacht haben.

„Was machst du beruflich?" will er dann wissen. Ich antworte: „Freiberufliche Dozentin und Nachhilfelehrerin." „Das ist aber interessant" erwidert Andreas. Natürlich erwähne ich nicht, dass ich nebenbei noch Zeitungen austrage und einen Teil meines Lebensunterhaltes vom Sozialamt bekomme.

Schließlich erzählt mir Andreas, wie er zum Extremsport gekommen ist. Vor 10 Jahren starb seine Frau an Krebs. Nach einer Zeit der Verzweiflung fand er im Buchladen Literatur über

Extremsport und hatte sofort das Gefühl, dies könne für ihn zum neuen Lebensinhalt werden.

Nach 3 Stunden müssen wir uns verabschieden. Ich habe das Gefühl, mit diesem Mann könnte ich mich tagelang, ja wochenlang unterhalten, ohne dass uns der Stoff ausgehen würde. So einen interessanten Menschen habe ich schon seit Ewigkeiten nicht mehr getroffen.

Zum Abschied überreicht er mir seine Visitenkarte und verspricht mir, mich nach seiner Rückkehr aus den Dolomiten anzurufen. Einen Rat gibt er mir mit auf den Weg: „Lauf einmal einen Marathon, dann wirst du ein Gefühl für Grenzerfahrungen bekommen, du hast das Potential dazu." Noch halte ich es für zu früh, jetzt schon einen Marathon in Angriff zu nehmen. In den entsprechenden Fachbüchern steht, dies solle man frühestens nach 2 Jahren Lauftraining tun. Vielleicht mache ich es ja im übernächsten Jahr, aber bestimmt noch nicht im kommenden Jahr. Trotzdem sage ich beim Abschied zu Andreas: „Ich werde es mir überlegen."

*

Ein neues Jahr hat begonnen. Den gestrigen Silvesterabend habe ich, genauso wie das Weihnachtsfest, allein verbracht und das war nicht die schlechteste Lösung. Ich hatte absolute Ruhe, schrieb an meinem Tagebuch und an einem ganz persönlichen Jahresrückblick. Die Zeit verging dabei wie im Fluge und ich hatte nicht einmal das Bedürfnis, das Radio oder den Fernseher anzumachen. Um Mitternacht beobachtete ich von meinem Fenster aus das Feuerwerk. Dabei hatte ich das Gefühl, dass dieses nicht so intensiv ausfiel wie in den vergangenen Jahren. Ich denke, viele Menschen haben weniger Geld als früher und so sparen sie auch beim Silvesterfeuerwerk.

Außerdem musste ich immer an die Begegnung mit Andreas denken. Wird er mich wirklich wieder anrufen? Kann sich gar eine echte Freundschaft oder gar eine Beziehung zwischen uns entwickeln? Er ist allein und ich bin es auch. Es stünde dem also nichts im Wege. Aber, das ist natürlich noch Zukunftsmusik.

Was wird mir das neue Jahr bringen? Das ist die große Frage. Wie wird es sportlich weitergehen? Werde ich vielleicht tatsächlich einen Marathon laufen? Oder werde ich lieber Sprinterin oder gar Hochspringerin?

Beruflich wird das neue Jahr so anfangen, wie das alte zu Ende gegangen ist. Ich werde Nachhilfeunterricht geben und nebenbei

Zeitungen austragen, in der Hoffnung, dass ich Letzteres irgendwann aufgeben kann. Gern würde ich auch wieder als Volkshochschuldozentin arbeiten. Ich werde mich einmal nach den Möglichkeiten erkundigen.

*

Eine Woche nach Neujahr herrschen draußen tiefste Frosttemperaturen. Unter diesen Bedingungen hätte ich sicher auf eine Teilnahme am Silvesterlauf verzichtet. Das ist natürlich bei den Hallenmeisterschaften in unserem Verein nicht nötig. Ursprünglich wollte ich hier die 200 m, 400 m, 800 m und 3.000 m laufen, da ich mich jedoch nicht besonders gut in Form fühle, habe ich mich entschieden, auf die meisten Läufe zu verzichten und nur an den 800 m teilzunehmen.

Bei den Wettkämpfen sind alle Altersklassen, angefangen von der Jugend bis hin zu den Senioren über 60 vertreten. Ich ziehe den Hut vor Menschen, die in diesem Alter noch aktiven Wettkampfsport betreiben.

Als ich in der Laufhalle ankomme, herrscht dort schon reges Treiben. Ich gehe zur Anmeldung, hole meine Startnummer und studiere dann die Teilnehmerliste über

800 m. Außer Kerstin kenne ich niemand. So weiß ich natürlich auch nicht, wie leistungsstark die anderen sind. Meine Aufregung steigt und ich spüre, wie mein Herz bis zum Hals schlägt. Die Stimmung in der Halle ist prächtig und die Zuschauerränge sind fast bis auf den letzten Platz gefüllt. Hoffentlich blamiere ich mich hier heute nicht.

Ich gehe in den Umkleideraum und dort werde ich Zeuge einer Unterhaltung von zwei meiner Konkurrentinnen. Diese unterhalten sich darüber, welche Zeiten sie gern laufen möchten. „Also, ich möchte schon 2,20 min laufen" sagt die eine, worauf die andere erwidert, dass sie zwischen 2,10 min und 2,20 min laufen will. Wenn die alle so gut sind, dann werde ich mit Sicherheit Letzte. Muss ich mir das wirklich antun? Noch kann ich umkehren.

Ich verwerfe diesen Gedanken schnell wieder. Ich werde mich der Herausforderung stellen.

Ich mische mich noch einige Minuten lang unter die Zuschauer, dann werden alle 800 m-Läuferinnen zum Start gerufen. Kerstin gelingt es, mir auf dem Weg dorthin Mut zuzusprechen. Was würde ich bloß ohne sie machen? Sie schafft es mit ihrer positiven Lebenseinstellung immer wieder, mir meine Selbstzweifel zu nehmen.

Am Start mustere ich meine anderen Konkurrentinnen. Die sehen alle sehr gut trainiert aus. Ich versuche, mich davon nicht mehr beeindrucken zu lassen. „Lauf dein eigenes Tempo und gibt dein Bestes" ermutigt mich Kerstin noch einmal.


Dann der Startschuss. Ich renne so schnell ich kann los. Eigentlich sollte ich langsam wissen, dass das nicht gut ist. Vor uns allen liegen 4 Runden von je 200 m Länge. Das ist in der Halle anders als im Stadion. Dort sind für die 800 m zwei Stadionrunden von je 400 m Länge zurückzulegen.

Anfangs liege ich an dritter Stelle, sogar noch vor Kerstin. Dann lassen meine Kräfte spürbar nach und ich muss erst Kerstin und dann noch eine weitere Läuferin an mir vorbeiziehen lassen. Die zweite und dritte Runde sind die Hölle. Ich bin Vorletzte und habe das Gefühl, überhaupt nicht mehr vorwärts zu kommen. Am liebsten würde ich alles hinschmeißen, tue dies jedoch nicht, beiße die Zähne zusammen, erhole mich etwas und kann auf der letzten Runde noch einmal beschleunigen und das Feld von hinten her aufrollen. Ich komme dabei immer näher an Kerstin heran, erreiche sie jedoch nicht mehr. Sie läuft ca. 5 Meter vor mir ins Ziel. Kerstin wird 5. und ich 6. Was will ich mehr? Ich habe mein Bestes gegeben und mein derzeitiges Leistungsvermögen voll ausgeschöpft. Jedes Mal, wenn ich die 800 m laufe, stelle ich fest, dass dies eines der härtesten Rennen überhaupt ist und auf der Strecke frage ich mich jedes Mal, warum ich mir das überhaupt antue. Im Ziel ist die Anstrengung jedoch schnell vergessen. So auch heute. Ich erreiche mit 2,34 min eine persönliche Bestzeit und werde Zweite in meiner Altersklasse. Mein nächstes Ziel wird sein, Kerstin einmal zu überholen. Davon sage ich ihr natürlich nichts. Sie ist sehr ehrgeizig und hat auch den Wunsch, noch besser zu werden.

*

Die Zeit vergeht wie im Fluge. Kaum hat das neue Jahr begonnen, haben wir jetzt schon Mitte Januar. Ich habe in den letzten beiden Wochen kontinuierlich jeden zweiten Tag trainiert und fühle mich sehr gut in Form. Der Erfolg bei dem 800 m-Lauf hat mir zusätzlichen Auftrieb gegeben.

Andreas müsste langsam wieder von seiner Bergtour aus den Dolomiten zurück sein. Wird er anrufen? Oder hat er mich längst vergessen? Für ihn gibt es sicher viele interessante Gesprächspartner, warum sollte er ausgerechnet an einem weiteren Kontakt mit mir interessiert sein? Er, der Anwalt und Extremsportler, der sich alle seine Wünsche erfüllen kann und ich, eine Frau aus dem Osten, die pleite gegangen ist und sich mit Gelegenheitsjobs durchschlagen muss. Das passt doch überhaupt nicht zusammen. Wir leben in zwei völlig verschiedenen Welten. Ich sollte mir deshalb nicht allzu viele Hoffnungen machen, die dann am Ende doch wieder enttäuscht werden.

Unabhängig davon, ob ich je wieder etwas von ihm höre, habe ich mich dazu entschlossen, in diesem Jahr einen Marathon zu laufen. Ich gehe fast jeden Tag in die Buchhandlung, um mich dort nach Trainingsliteratur umzusehen. Es gibt die verschiedensten Trainingshandbücher und Empfehlungen, wie man an dieses Vorhaben herangehen sollte. Die meisten Bücher empfehlen, diese Strecke frühestens nach 2 Jahren Training in Angriff zu nehmen.

Dies spricht gegen mein Vorhaben, dafür spricht, dass ich sehr fit bin und bereits ein Leistungsniveau erreicht habe, von dem viele andere nach einem guten halben Jahr Training noch meilenweit entfernt sind.

So werde ich mit dem Marathontraining beginnen. Als Ziel habe ich mir den Wien-Marathon Ende Mai gesetzt. Ich war bisher zweimal in dieser wunderschönen Stadt und es wäre ein Traum für mich, im Mai ein drittes Mal dorthin reisen zu können. Die Finanzierung dürfte neben der Trainingsvorbereitung das größte Problem darstellen. Aber, vielleicht findet sich ja bald eine Lösung. Schon weitere Nachhilfestunden oder ein zusätzlicher Nebenjob würden reichen.

*

Zwei Tage später klingelt kurz nach 11 Uhr mein Telefon. Das ist sicher wieder einer meiner Gläubiger, denke ich. Am besten, ich nehme diese Anrufe überhaupt nicht mehr entgegen. Ich bin es leid, ständig diese Leute vertrösten zu müssen, weil ich nichts zahlen kann.

Der heutige Anruf ist jedoch viel erfreulicher. „Hallo, hier ist Andreas" meldet er sich am anderen Ende der Leitung. Ich kann es nicht fassen. Der hat mich doch tatsächlich nicht vergessen und sein Wort gehalten. „Na, wie geht es?" will er dann gleich wissen. Ich antworte: „Inzwischen habe ich mich dazu entschlossen, einen Marathon zu laufen, ich möchte Ende Mai diesen Jahres am Wien-Marathon teilnehmen." Andreas freut sich sehr, dies von mir zu hören und teilt mir mit, dass auch er am Wien-Marathon teilnehmen möchte. „Die Läufe in Österreich sind alle sehr gut organisiert und die Atmosphäre ist super. Da hast du eine gute Wahl getroffen."

Anschließend gibt er mir praktische Trainingstipps zur Vorbereitung. Ich solle Schritt für Schritt mein Laufpensum auf 50 bis 60 Kilometer pro Woche steigern, mich gesund ernähren und zur Vorbereitung an passenden Wettkämpfen, wie z.B. Halbmarathons, teilnehmen. Andreas ist fest davon überzeugt, dass ich den Marathon schaffe. „Ich habe dich beim Silvesterlauf beobachtet. Du läufst sehr gut und hast noch viel Potential, um deine Leistungen zu steigern" sagt er.

Nun will ich natürlich von Andreas wissen, wie seine Bergtour war. „Ganz toll" schwärmt er gleich und sagt: „Ich bin mit meinen Kameraden steile Wände von 800 bis 1.000 m Höhenunterschied geklettert, wir haben auch in der Wand übernachtet und sind dann den nächsten Tag weiter gegangen." „Was?!" frage ich entsetzt. Der Gedanke, mit einer Hängematte in einer Felswand zu hängen und dabei auch noch zu schlafen treibt mir eisige Schauer über den Rücken. Wie kann man so etwas bloß schön finden? Eines ist klar: Bergsteigerin werde ich nie. An einem 100 km-Lauf teilzunehmen, das kann ich mir noch eher vorstellen.

Trotzdem finde ich die Geschichten von Andreas immer wieder aufs Neue spannend. Irgendetwas muss Menschen wie ihn dazu bringen, immer wieder neu derartige Grenzerfahrungen zu suchen. Ist es der Gedanke, einfach auszusteigen und den Alltag zu vergessen? Vielleicht. Aber, das kann man doch auch einfacher haben.

Andererseits, was verstehe ich schon davon? Vor einem Jahr hätte ich auch nicht geglaubt, dass mir der Sport, namentlich das Laufen, helfen wird, neuen Lebensmut zu finden. Im Sport gelten andere Gesetze als im Alltag. Vielleicht erlebt das ein Bergsteiger noch viel intensiver. Wer weiß?

Dann frage ich Andreas nach seinen nächsten Plänen. Diese sind: mehrere Marathonläufe, Ultramarathons, aber auch die Vorbereitung für eine Tour zum Nordpol. Hierfür möchte er sich in einem speziellen Seminar im Norden Kanadas vorbereiten. Dort lebt ein Ehepaar, welches sich darauf spezialisiert hat, Seminare zur Vorbereitung von Polartouren zu veranstalten. Diese Seminare beinhalten u.a. Aufenthalte in einer Kältekammer mit einer Temperatur von Minus 40 Grad, Zelten im Freien, Skitouren in eisiger Kälte, Nahrungszubereitung in der Kälte und auch Theorie. Diese findet in einem unbeheizten Seminarraum statt.

Andreas erzählt mir, was so ein Seminar kostet: mehrere Tausend Euro! Das ist wirklich nur etwas für total Verrückte. Ein halbes Vermögen ausgeben, nur um in der Kälte zu sein! Ich schüttle nur noch mit dem Kopf.

Ich mag den Winter und vor allem Frosttemperaturen nicht. 10 bis 15 Grad im Winter, 20 bis 25 Grad im Frühling und Herbst und im Sommer über 30 Grad, das ist mein Wetter. Da wäre ich in südlicheren Gefilden besser aufgehoben. „Es gibt auch einen Marathon in der Südsee" verrät mir Andreas, „da kannst du ja dann später einmal dran teilnehmen." „Ja, vielleicht" antworte ich.

„Nicht jeder ist der Typ für Kälte, manche Menschen vertragen eben eher Hitze, sicher gehörst du dazu" sagt Andreas und weiter:

„Die Kälte in Deutschland ist oft eine nasse Kälte, die ist viel unangenehmer, als die Kälte in den Polargebieten, dort friert man, vorausgesetzt, man zieht sich richtig an, nicht." Das mag sein, ich glaube jedoch kaum, dass ich jemals in meinem Leben zu einem Kälteseminar fahren werde.

Unser Telefongespräch dauert länger als eine Stunde. Am Ende verrät mir Andreas, dass er im März wieder in der Nähe von Erfurt an einem Lauf teilnehmen wird. „Ich würde mich freuen, wenn du auch kommst, dann könnten wir uns dort wieder treffen. Bis dahin können wir ja noch ein paar Mal telefonieren" schlägt er mir dann vor. Ich bin begeistert. Er hat also wirklich Interesse daran, weiter mit mir in Kontakt zu bleiben.

*

Ich bin gerade dabei, meinen Marathon-Trainingsplan zu erstellen. Die Hinweise von Andreas waren sehr hilfreich und zusätzlich bin ich in den letzten Tagen oft in die Buchhandlung gegangen, um dort in entsprechender Trainingsliteratur zu lesen. Gestern war Kerstin bei mir und gab mir auch noch einige wertvolle Tipps. „Ist es nicht etwas früh für einen Marathon?" gab sie anfangs zu bedenken. Ich sagte ihr, dass ich das zuerst auch gedacht, mich dann aber entschieden habe, das Vorhaben anzugehen. „Gut, dann werde ich dich unterstützen, so gut ich kann" sicherte sie mir darauf hin zu. Was will ich mehr?

Auf jedem Fall ist es wichtig, ausreichend zu trainieren, damit mein Körper gut für diese Herausforderung gerüstet ist. Ab sofort werde ich nur noch einmal pro Woche Sprint- und Mittelstreckentraining machen, die anderen Tage laufe ich Strecken zwischen 10 und 20 Kilometer und einmal pro Woche, vorzugsweise am Wochenende, eine Strecke von 25 Kilometer in einem langsamen Tempo. Im März und April plane ich mehrere Läufe über 20 bis 25 Kilometer und dazwischen 10 und 15 Kilometer. Zusätzlich werde ich weiter in die Sauna gehen, damit mein Körper Zeit zum Relaxen hat und ich nicht anfällig für Erkältungen werde. Letzteres kann ich nicht gebrauchen, bedeutet doch eine Erkältung immer einen Trainingsaufall, im günstigsten

Fall von einigen Tagen, im ungünstigsten Fall von einigen Wochen. Das kann ich mir einfach nicht leisten. Außerdem werde ich mir Vitamine und andere Nahrungsergänzungen kaufen.

Ich bin glücklich, wieder ein Ziel zu haben. Einfach nur um die nackte Existenz kämpfen zu müssen, das ist zu wenig und macht auf Dauer krank. Ich möchte einmal wieder einen richtigen Erfolg. Wenn ich als Geschäftsfrau gescheitert bin, heißt das noch lange nicht, dass ich mit meinem ganzen Leben gescheitert bin. Da muss ich klar differenzieren und mir den Unterschied immer wieder deutlich machen.

*

Nicht nur beim Sport, sondern auch beruflich geht es vorwärts. Inzwischen habe ich vier Nachhilfegruppen und zwei Einzelschüler. Ich komme gut mit allen klar und mir macht die Arbeit Spaß.

Außerdem ging ein großer Wunsch von mir in Erfüllung. Seit zwei Wochen arbeite ich einmal pro Woche als Nageldesignerin in einem Sonnenstudio. Ich bin dort nicht angestellt, sondern arbeite selbstständig. Es ist ein wunderbares Gefühl, mir mein Geld wieder mit einer Tätigkeit verdienen zu können, die ich wirklich gern mache.

Vorerst möchte ich es bei einmal pro Woche belassen, da ich dann nur relativ wenig Miete an das Sonnenstudio zahlen muss. Ich habe jedoch weitere Pläne. So möchte ich irgendwann zwei- bis dreimal pro Woche dort arbeiten und mich nebenbei kontinuierlich weiterbilden.

Vor zwei Jahren habe ich einmal an einer Deutschen Meisterschaft als Zuschauerin teilgenommen und war begeistert. Die Teilnehmerinnen fabrizierten richtige Kunstwerke auf den Nägeln. Nageldesign kann eine ebenso kreative Tätigkeit wie das Malen sein. Wer ein absoluter Profi ist, kann auch an Europa- und Weltmeisterschaften teilnehmen. Auch ich habe einmal davon geträumt, so gut zu werden. Vielleicht kann ich mir diesen Wunsch doch noch erfüllen. Ich werde jedenfalls alles dafür tun.

Meine Zeitungs- und Prospektausträgerjobs habe ich aufgegeben. Es geht einfach nicht mehr. Das hat mehrere Gründe. Erstens habe ich die Zeit nicht mehr und zweitens möchte ich nicht, dass mich eine Nageldesign-Kundin, ein Nachhilfeschüler oder seine Eltern beim Zeitungsaustragen sehen.

Ich bin dankbar dafür, dass ich diese Arbeit machen durfte, aber nun ist es Zeit zu gehen. Frau Greiner und auch die Leiterin der Prospektverteileragentur haben meine Kündigung zutiefst bedauert und boten mir an, ich könne jederzeit wiederkommen, wenn ich in Not sei. Das ist gut zu wissen. Ich hoffe zwar nicht, dass ich auf dieses Angebot zurückgreifen muss, aber es ist im Notfall immer noch besser, als nur von der Sozialhilfe leben zu müssen.

*

Inzwischen ist es Anfang März. Endlich geht die Wettkampfsaison wieder los. Ich habe zwar im Winter fast jeden zweiten Tag trainiert, trotzdem hat mir etwas ganz Entscheidendes gefehlt.

Jedes Wochenende steht nun ein Wettkampf auf dem Plan. Es sind viele 10- und 15-km-Läufe, aber auch ein Halbmarathon, ein 25- und ein 30-km-Lauf. Die längeren Läufe dienen vor allem als Test für den Marathon. Wenn ich sie gut überstehe, steht meinem großen Vorhaben Ende Mai nichts mehr im Wege.

Wie an den meisten Wettkampftagen, so muss ich auch heute früh aufstehen. Bereits um 5 Uhr klingelt der Wecker. Ich muss noch ca. 60 Kilometer mit der Bahn bis zum Wettkampfort fahren. Es ist bitterkalt. Ich habe den Winter satt. Langsam könnte es Frühling werden.

Während der Bahnfahrt gehe ich den bevorstehenden Lauf in Gedanken durch. Natürlich möchte ich mit meinen Leistungen gern an den guten Abschluss der Vorjahressaison anknüpfen, weiß aber nicht, ob mir das gelingen wird. Ich bin jedoch guter Hoffnung, schließlich habe ich gut trainiert.

Am Ziel angekommen, muss ich erst einmal quer durch den Ort, um zur Wettkampfstätte zu gelangen. Dort angekommen, entdecke ich unter den vielen Teilnehmern bald die ersten Bekannten. Das tut gut. Irgendwie sind wir Läufer wie eine große Familie. Überall trifft man sich wieder und jeder freut sich, den anderen wieder zu sehen.

Punkt 10 Uhr fällt der Startschuss. Am Anfang ist ein kleiner Anstieg zu bewältigen. Ich habe jedoch das Gefühl, er nimmt ewig kein Ende. Durch die Kälte komme ich außerdem nur schwer in Tritt. Nach zwei Kilometern ist dann der Anstieg geschafft. Ein Glück! Der längste Teil der Strecke liegt jedoch noch vor mir, immerhin noch 8 Kilometer. Am Kilometer Fünf ist ein Wendepunkt, dieser ist von uns Läufern zu passieren und anschließend müssen wir die gleiche Strecke wieder zurücklaufen. Ich bin schon nach 22 Minuten an diesem Wendepunkt angelangt. Das überrascht mich, ich dachte, ich wäre viel langsamer gelaufen. Auf der zweiten Hälfte der Strecke gibt es für mich keine nennenswerten Probleme mehr. Ich spüre die Kälte nicht mehr und fühle mich gut. Die letzten zwei Kilometer geht es dann nur noch bergab, das ist dieselbe Strecke, die wir vorhin hoch laufen mussten. Am Straßenrand stehen die Zuschauer und klatschen Beifall. Das beflügelt mich zusätzlich und gibt mir Kraft, noch einmal die letzten Reserven zu mobilisieren.

Ich kann noch einmal beschleunigen und bald ist auch schon das Stadion in Sicht. Dort ist dann noch eine Runde zu laufen und dann ist es geschafft. Im Stadion angekommen, laufe ich noch schneller, um noch einmal einen Schlussspurt hinzulegen. Im Ziel bleibt die Uhr für mich bei 41,37 min stehen. Persönliche Bestzeit!

Ich bin fassungslos. An alles, nur nicht daran, habe ich heute gedacht.

Dennoch reicht dies nicht für einen Platz unter den ersten drei Frauen. Die Siegerin lief die Strecke in 36 Minuten und die Zweite war nicht viel langsamer. Bin ich irgendwann auch zu solchen Zeiten in der Lage? Kann ich gar noch schneller werden? Dann hätte ich sogar die Chance, mir mit dem Laufen das eine oder andere Preisgeld zu verdienen. Aber, das ist zur Zeit noch absolut utopisch.

Mein Einstand in die neue Saison ist mir sehr gut gelungen und nur das zählt heute.

*

Ende letzten Jahres habe ich mich an mehreren Volkshochschulen als Dozentin beworben, seitdem jedoch nichts mehr von diesen gehört. Nun bekam ich innerhalb von nur wenigen Tagen gleich die Zusage von drei dieser Schulen.

In Erfurt werde ich Maschinen- und Computerschreiben, an den anderen Volkshochschulen Englisch und einmal sogar Steno unterrichten.

Zusätzlich kann ich noch an einer Privatschule Englisch unterrichten. Dort ist das Honorar für eine Unterrichtsstunde am höchsten.

Ich bin einfach nur glücklich. Nie hätte ich gedacht, dass ich noch einmal so viele und so gute Arbeitsangebote erhalten würde.

Nebenbei gebe ich weiter Nachhilfe und arbeite einmal pro Woche als Nageldesignerin. Die Einnahmen aus allen Tätigkeiten werden ausreichen, um davon meinen Lebensunterhalt zu bestreiten. So werde ich mich innerhalb der nächsten Wochen vom Sozialamt abmelden können.

*

Eine Woche nach meinem erfolgreichen Saisoneinstand über 10 Kilometer möchte ich heute 15 Kilometer laufen. Meine Wettkampfstrecken sollen langsam länger werden, damit ich dann zum Marathon ideal vorbereitet bin.

Heute muss ich noch weiter weg fahren als vor einer Woche, dafür geht es in eine der schönsten Gegenden Thüringens, in das Thüringer Schiefergebirge. Im Winter ist dieses Gebiet ideal für den Wintersport und im Sommer kann man dort unendlich lange wandern und findet auch schöne Plätze zum Baden. In den letzten Jahren bin ich oft dorthin gefahren, sei es für einen Kurzurlaub oder auch nur für ein Wochenende. Als ich erfahren habe, dass es dort einen 15-km-Lauf gibt, habe ich mich gleich dafür angemeldet.

Schon in Erfurt ahne ich, dass dies heute eine Reise in den Winter wird. Es hatte über Nacht geschneit. Das Wetter lädt eher dazu ein, zuhause zu bleiben und sich in der warmen Stube zu verkriechen. Für einen Moment dachte ich daran, dies tatsächlich zu tun.

Nach dem Frühstück entscheide ich mich jedoch dafür, meine Tasche zu packen und loszufahren.

Nach 2 Stunden Bahnfahrt und 15 Minuten Fußweg komme ich am Wettkampfort an.

Soll ich wirklich mitlaufen? Hier herrscht tiefster Winter, alles ist verschneit und es weht ein eiskalter Wind. Vielleicht sollte ich einfach nur kurz zuschauen, mich dann im Ort umsehen, es mir in einem schönen Café gemütlich machen und dann in Ruhe wieder heimfahren. So eine Winterlandschaft ist etwas Herrliches, wenn es nur nicht so kalt wäre!

Die Zeit scheint still zu stehen. Die Natur ist unter der Schneedecke verborgen, gerade so als würde sie schlafen. Warum sollte ich das Ganze nicht einfach nur genießen?

Nach einigem Hin und Her entscheide ich mich dann doch dafür, zum Start zu gehen. Ich denke an Andreas. Der würde jetzt sagen: „Bei dem Wetter geht es doch erst richtig los."

Kurz nach dem Startschuss hört es auf zu schneien. Wenigstens etwas. Nach und nach kommt sogar die Sonne raus. Nun kann ich beim Laufen diese wunderschöne Landschaft genießen. Ich verabschiede mich von dem Gedanken, heute eine Bestzeit laufen zu wollen und entscheide mich dafür, den Lauf einfach nur zu genießen.

Trotzdem werde ich am Ende drittschnellste Frau. Auch die anderen liefen langsamer als sonst. Das ist kein Wunder, im

Schnee kommt man natürlich nicht so gut voran und man möchte auch nicht das Risiko eines Sturzes eingehen.

Nach der Siegerehrung beschließe ich, jetzt noch nicht nach Hause zu fahren, sondern noch hier zu bleiben. Ich habe das Gefühl, in einer völlig anderen Welt als in Erfurt zu sein, obwohl ich nur 80 Kilometer von zu Hause weg bin.

Ich gehe durch den Ort und begegne dabei nur freundlichen Menschen. Ich bin dabei immer wieder beeindruckt von dieser herrlichen Winterlandschaft und beginne zu ahnen, was Andreas an Eis, Schnee und Kälte so fasziniert. Vielleicht komme ich ja auf den Geschmack und finde mich eines Tages bei einem Kälteseminar wieder? Wer weiß. Man soll nie Nie sagen.

Dieses Weiß, diese Stille, diese unendliche Ruhe, das alles ist natürlich in den Polarregionen noch viel ausgeprägter als hier.

Ich lasse den Tag in einem wunderschönen, gemütlichen Café ausklingen und empfinde tiefe Dankbarkeit dafür, dass es mir möglich war, heute diesen schönen Tag zu erleben.

Ich nehme mir vor, dass ich, sobald ich Zeit und Geld habe, ein paar Tage hier oben verbringen werde. Die Wirtin des Cafés besitzt auch ein kleines Hotel und gibt mir einiges Infomaterial mit. Ganz bestimmt komme ich bald wieder.

19 Uhr fährt mein Zug. Das ist die letzte Möglichkeit, um heute noch nach Hause zu kommen. Gern wäre ich noch geblieben.

Auf der Heimfahrt wird mir bewusst, was ich verpasst hätte, wäre ich heute in Erfurt geblieben.

*

Seit 2 Wochen habe ich richtig viel Arbeit. Es gibt keinen Tag mehr, an dem ich nichts zu tun habe. Mein Unterricht findet meist abends statt. Am Nachmittag ist die Nachhilfe und so habe ich meist vormittags frei. Diese Zeit nutze ich oft zum Training.

Mein Unterricht macht mir sehr viel Spaß. Ich lerne die verschiedensten Menschen kennen und habe das gute Gefühl, wirklich gebraucht zu werden. Die Zeit der Isolation ist endgültig vorbei. Ich bin zwar auch gern allein, aber wenn dies zur Regel wird, stört es mich eher. Ich glaube, die gute Mischung macht es.

Nach wie vor biete ich einmal pro Woche Nageldesign im Sonnenstudio an. Die Nachfrage ist gut. Inzwischen sind fast alle Angestellten des Sonnenstudios meine Kundinnen. Ich überlege schon, meine Dienstleistung auch an einem zweiten Tag in der Woche anzubieten.

Inzwischen habe ich mir Infomaterial zu weiterbildenden Kursen besorgt. Ich habe einen Veranstalter gefunden, der auch Fernkurse anbietet. Das ist die beste Lösung. Da kann ich zu Hause in meiner Freizeit lernen.

In den nächsten Wochen werden dann auch meine ersten Honorare eintreffen. Dann muss ich zu Frau Adam auf dem Sozialamt, um mich bei ihr abzumelden. Auf der einen Seite bin ich sehr froh darüber, auf der anderen Seite bedauere ich, sie nicht mehr wieder zu sehen. Sie war mir eine große Hilfe in der Not und das werde ich nie vergessen. Dafür bin ich ihr unendlich dankbar. Wenn ich sie nicht gehabt hätte, wüsste ich nicht, was ich in der einen oder anderen Situation getan hätte.

Auch Frau Weber von der Schuldnerberatung war und ist mir eine große Hilfe. Inzwischen treffen wir uns nur noch einmal pro Monat, um alles Wichtige zu besprechen, falls ich jedoch irgendwann wieder einmal akute Probleme bekommen sollte, steht sie mir jederzeit mit Rat und Tat zur Seite.

*

Inzwischen habe ich die zweite Begegnung mit Andreas hinter mir. Wir haben am vergangenen Samstag gemeinsam an einem 10-km-Lauf in Erfurt teilgenommen und anschließend noch einen gemütlichen Stadtbummel gemacht. Unser Treffen ließen wir in dem selben Café ausklingen, wo wir auch schon Silvester waren.

Eigentlich hatte ich nicht vor, Andreas von meiner Pleite im vergangenen Jahr und meinen finanziellen Schwierigkeiten zu erzählen, habe es dann aber doch getan. Wenn sich zwischen uns beiden wirklich eine Freundschaft entwickeln soll, dann kann ich ihm nicht etwas Entscheidendes in meinem Leben verschweigen, ansonsten hätte ich immer das Gefühl, unsere Beziehung würde auf einer Lüge aufgebaut.

Andreas zeigte erstaunlich viel Mitgefühl und Verständnis. Das habe ich so nicht erwartet. Geldmangel ist ihm fremd. Zwar hatte und hat Andreas in seinem Leben genügend Probleme, aber diese sind ganz anderer Natur als meine. Er sagte zu mir, dass es gerade in meiner Situation darauf ankommt, einmal mehr aufzustehen als hinzufallen.

„Ich finde es sehr gut, dass du nach deiner Pleite wieder mit dem Laufen angefangen hast. Durch dein großes Talent warst du schnell in der Lage, an Wettkämpfen teilzunehmen und dir Erfolgserlebnisse zu schaffen." „Ja, ich habe vor allem durch das Laufen neuen Lebensmut und die Kraft gefunden, mich meinen

Problemen zu stellen und sie mit Tatkraft anzupacken. Vorher war ich total am Boden und wusste nicht, wie es weitergehen soll" entgegnete ich ihm, woraufhin er mir antwortete, dass es im Leben immer weiter geht, auch wenn man allen Mut verloren hat und nicht mehr daran glaubt.

Am Abend fuhr Andreas zurück nach Nürnberg und versprach, dass er mich nach seiner Rückkehr gleich anrufen will. Gutgelaunt ging ich nach Hause, hatte jedoch noch Zweifel ob er mich nach dem, was ich ihm erzählt habe, wirklich noch anruft. Es hätte ja auch sein können, dass er nur so freundlich tut und er mich insgeheim doch verachtet und ich nie wieder etwas von ihm höre.

Meine Bedenken waren jedoch unbegründet. Noch am selben Abend rief er mich an und sagte, dass er meine Kraft und meinen Mut bewundere und versprach mir, dass ich mich mit Problemen jederzeit an ihn wenden könne.

*

Per 31.3. verabschiede ich mich endgültig vom Sozialamt. Damit geht eine entscheidende Ära in meinem Leben zu Ende, die zwar nur ein knappes Jahr gedauert, mich jedoch verändert hat, wie keine Zweite. Ich habe Dinge, die viele nur vom Hörensagen kennen, life erlebt. Ich weiß nun, was es heißt, in Deutschland wirklich arm und ganz unten in der gesellschaftlichen Hierarchie angekommen zu sein. Dies alles verursacht schon genug Probleme, hinzu kommt jedoch, dass man als Betroffener überall gegen Vorurteile angehen muss, die einem entgegengebracht werden. Auch wenn es kaum jemand offen sagt, man spürt dies ganz deutlich. Sozialhilfeempfänger gelten allgemein als faul, dumm und nicht arbeitswillig. Viele Menschen denken nach wie vor, dass ihnen so etwas nicht passieren kann, da sie ja gut ausgebildet, rechtschaffen, arbeitsam und fleißig sind.

Die Wahrheit ist, dass die Sozialhilfeempfänger alles andere als eine homogene Gruppe sind. Es gibt sie natürlich, die Menschen ohne Schul- oder Berufsabschluss, die schwer vermittelbar sind und die irgendwann einmal die Suche nach einer Arbeit aufgegeben habe. Andererseits gibt es aber auch Menschen, die hochgebildet und qualifiziert sind, jedoch durch einen Schicksalsschlag, eine Krankheit oder ähnliche Dinge aus der Bahn geworfen werden und keine Verwandten oder Freunde haben, die ihnen beistehen. Wenn sie dann über keine finanziellen

Rücklagen verfügen, sind sie schnell auf das Sozialamt angewiesen. Gerade diese Menschen sind es oft, die besonders unter ihrer Situation leiden.

Ab morgen werde ich wieder hauptberuflich selbstständig bzw. freiberuflich arbeiten. Mit der Lösung, mir meinen Lebensunterhalt zum einen Teil als Dozentin und Nachhilfelehrerin und zum anderen Teil als Nageldesignerin zu verdienen, kann ich gut leben.

Nun bin ich auch nicht mehr über das Sozialamt krankenversichert. Dies heißt, dass ich mich um eine freiwillige Weiterversicherung bei meiner Krankenkasse kümmern und die Beiträge selbst entrichten muss.

*

Nie hätte ich geglaubt, dass mich mein Wunsch, finanziell wieder auf eigenen Füßen zu stehen und vom Sozialamt unabhängig zu werden, in neue Schwierigkeiten stürzen würde.

Ich gehe zu meiner Krankenkasse, um einen Antrag auf freiwillige Weiterversicherung zu stellen. Dies ist erforderlich, um auch als Selbstständige bzw. Freiberuflerin im Krankheitsfall versichert zu sein.

Ich werde hierfür monatlich ca. 300 € zahlen müssen. Private Krankenversicherungen sind meist etwas billiger. Deshalb plane ich, nach einigen Monaten der Selbstständigkeit in eine dieser Versicherungen zu wechseln.

Bei meiner Krankenkasse angekommen, gehe ich zu der für mich zuständigen Sachbearbeiterin und trage ihr mein Anliegen vor. Sie ist sehr freundlich, erklärt mir, auf was ich achten muss und worauf ich Anspruch habe. Ich müsse monatlich für die Kranken- und Pflegeversicherung 306 € zahlen, könne jedoch zusätzlich noch Krankentagegeld beanspruchen, wofür ich einen zusätzlichen Betrag zahlen müsste. Während ich mir die für mich passendste Variante überlege, schaut sich die Sachbearbeiterin meine Daten im Computer an. Plötzlich weicht alle Freundlichkeit von ihr und sie wird ganz kurz angebunden und distanziert. „Es tut mir leid, aber wir können Sie nicht als freiwilliges Mitglied bei uns aufnehmen" sagt sie dann zu mir. „Wieso nicht?" frage ich erstaunt. Prompt bekomme ich die Antwort: „Sie haben bei uns noch ca. 2.000 € Altschulden, diese müssten Sie erst tilgen. Ich würde Ihnen raten, zahlen Sie diese 2.000 € in den nächsten 14 Tagen, dann können wir Sie aufnehmen." „Wie soll ich denn das machen?" frage ich und sage: „Ich fange erst wieder an zu arbeiten, geben Sie mir die Chance auf eine Ratenzahlung, ich werde die Schulden zurückzahlen, das kann ich aber nur, wenn ich arbeite und nicht, wenn ich Sozialfall bin." Die Frau bleibt jedoch hart und sagt nur: „Es tut mir leid, es geht nicht, entweder Sie zahlen die 2.000 € oder die freiwillige Mitgliedschaft wird abgelehnt." Ich könnte zerspringen vor Wut. Das darf alles nicht wahr sein. In den letzten Monaten hat das Sozialamt für mich die Beiträge zur Krankenversicherung übernommen, da wurde ich selbstverständlich als Mitglied akzeptiert. Nun möchte ich endlich wieder arbeiten und da werde ich so eiskalt abserviert.

„Was soll ich denn jetzt machen?" frage ich. Die Sachbearbeiterin sagt nur: „Suchen Sie sich eine Möglichkeit, pflichtversichert zu sein, dann können Sie selbstverständlich unser Mitglied sein, auch wenn Sie diese Altschulden haben. Das geht entweder durch eine feste Arbeit oder dadurch, dass Sie zum Sozialamt zurückgehen." Das kann alles nicht wahr sein.

Ich habe gar keine andere Möglichkeit, als mich wieder

selbstständig zu machen, wenn ich wieder eigenes Geld verdienen und meine Schulden tilgen will. Es gibt zur Zeit kaum Festanstellungen, vor allem nicht in meinen beiden erlernten Berufen. Da mühe ich mich nun monatelang ab, um an Jobs und Aufträge zu kommen, habe dann endlich eine Möglichkeit gefunden, die funktioniert und dann werde ich so eiskalt abserviert. Warum habe ich mich nicht einfach in der Sozialhilfe ausgeruht und gewartet, bis mir jemand Arbeit anbietet? Warum bemühe ich mich überhaupt selbst?

Wutentbrannt verlasse ich das Büro der Krankenkasse.

Das Beste ist, ich sage sofort alles ab, ich kündige bei der Nachhilfe, bei den Volkshochschulen sowie im Sonnenstudio und gehe zurück zum Sozialamt. Es hat doch alles keinen Zweck. Wer sich selbst bemüht, wird bestraft. Manchmal glaube ich, es hat gar niemand Interesse daran, dass Menschen, die ganz unten waren, es aus eigener Kraft wieder da heraus schaffen.

Immer wenn ich glaube, es nun endlich geschafft zu haben, bekomme ich einen Tritt, damit ich wieder am Boden liege.

Ich könnte es noch bei einer anderen Krankenkasse versuchen. Das hat jedoch auch keinen Zweck. Durch den Datenabgleich sehen die sofort, dass ich bei meiner jetzigen Krankenkasse Schulden habe und werden mich aus diesem Grunde auch nicht aufnehmen. Dann gäbe es noch die Möglichkeit, ohne

Krankenversicherung zu arbeiten. Das ist mir jedoch viel zu riskant. Oder, wie wäre es damit, mich offiziell wieder beim Sozialamt zu melden und schwarz weiter zu arbeiten? Früher wäre ich nie auf so eine Idee gekommen, aber wenn man in Not ist, kann man schnell seine gute Erziehung vergessen.

\*

Seit meinem unerfreulichen Besuch bei der Krankenkasse sind einige Tage vergangen. Mir ist es zwischenzeitlich gelungen, Abstand zu meinen Problemen und vor allem Klarheit zu gewinnen.

Aus diesem Grunde traf ich gestern eine wichtige Entscheidung: Ich werde nicht aufgeben. Niemand kann mir verbieten, freiberuflich zu arbeiten. Ich werde um meinen Weg zurück in die Normalität kämpfen. Notfalls muss ich es eben akzeptieren, eine zeitlang ohne Krankenversicherung zu sein.

Ausgestattet mit neuer Kraft und neuem Kampfgeist, mache ich mich heute auf den Weg zu einem Halbmarathon. Das Wetter ist gut, der Winter scheint nun endgültig vorbei zu sein. Für heute hat der Wetterbericht Temperaturen bis zu 20 Grad angesagt. So sehr ich mich auf den Frühling freue, wird mir andererseits immer mulmiger. Mein Marathon Ende Mai rückt näher. Inzwischen habe ich meine Anmeldebestätigung und die Startnummer bekommen. Auch mein Hotelzimmer ist schon reserviert und bezahlt. Nun brauche ich nur noch die Fahrkarte und das Geld für die Kosten während meines Wien-Aufenthaltes. Bei meiner derzeitigen Auftragslage dürfte dies jedoch kein Problem sein. Als ich mich im Januar zur Teilnahme am Wien-Marathon entschloss, wusste ich noch nicht, wie ich mir die Reise und den Aufenthalt finanzieren soll.

Der heutige Halbmarathon soll ein wichtiger Leistungstest sein. In 3 Wochen plane ich dann noch die Teilnahme an einem 25-Kilometer-Lauf und zwischendurch zur Abwechslung noch einmal 5.000 m. In den letzten Wochen vor dem Marathon bestreite ich keine Wettkämpfe mehr und 14 Tage vorher schraube ich mein Trainingspensum auf ein Minimum herunter. Das wird allgemein empfohlen, um den Körper vor der großen Herausforderung zu schonen. Auch nach dem Marathon ruhe ich mich aus, bevor ich neu mit dem Training beginne. Noch wage ich gar nicht an diese Zeit zu denken.

Punkt 10 Uhr fällt der Startschuss zum Halbmarathon.

Ich laufe in einem gleichmäßigen Tempo und fühle mich über die ganze Strecke sehr wohl. Am Ende erreiche ich eine Zeit von 1,32 Stunden.

Ich werde Gesamtzweite bei den Frauen. Der heutige Halbmarathon ist mir viel leichter gefallen als der Letzte im vergangenen Herbst. Das ist ein gutes Zeichen.

Am Abend rufe ich Andreas an. Er gratuliert mir zu meiner Leistung und ist

sehr zuversichtlich. „Trainiere weiter so wie bisher, dann wirst du den Marathon ganz sicher schaffen" sagt er zu mir.

*

Eine Woche nach dem Halbmarathon mache ich einen Abstecher auf die 5.000 m. In den letzten Wochen habe ich nicht mehr für kürzere Strecken trainiert und war auch nicht mehr beim Hochsprungtraining. Das hat Zeit bis nach dem Marathon.

Der heutige Lauf dient deshalb auch mehr als Test dafür, was ich zur Zeit auf den 5.000 m zu leisten imstande bin.

Schon nach dem Start laufe ich sehr schnell los. Nach jeder Runde habe ich das Gefühl, mich völlig zu verausgaben, ich lasse mich jedoch nicht beirren und laufe in einem unverändert hohen Tempo weiter.

Anfeuerungen und Bravo-Rufe der Zuschauer am Rande begleiten und motivieren mich sehr.

Dann endlich die letzte Runde. Jetzt noch einmal alles geben! Auf den letzten 200 Metern lege ich einen richtigen Sprint hin. Ich laufe, als ginge es um mein Leben. Dabei überhole ich noch einige Läufer, darunter auch eine Frau. Endlich die letzten Meter. Mit letzter Kraft laufe ich durchs Ziel. Die Uhr bleibt bei 20,10 min stehen. Persönliche Bestzeit. Ich bin total perplex und kann es nicht fassen. Alles habe ich heute erwartet, nur nicht das. Insgesamt werde ich Dritte bei den Frauen. Hätte ich vorhin die eine Frau nicht überholt, wäre ich nur Vierte.

Nun geht es in den letzte Phase der Marathonvorbereitung. Ich verabschiede mich von der Tartanbahn und werde erst nach dem Marathon dorthin zurückkehren.

*

Manche Dinge, die schlecht begonnen haben, wenden sich unerwartet doch noch zum Guten. Ich habe eine Krankenversicherung gefunden, die mich trotz meiner Schulden als freiwilliges Mitglied aufnimmt. Ich hatte die Hoffnung darauf schon aufgegeben, dann bekam ich doch noch die Zusage.

Es ist eine private Krankenversicherung, die auch Menschen eine Chance gibt, die hoch verschuldet sind oder bereits eine Eidesstattliche Versicherung abgegeben haben.

Heute liegt der Versicherungsschein und ein Begrüßungsschreiben in meinem Briefkasten. Ich bin nur noch glücklich. Der Beitrag ist sogar viel günstiger als der bei der gesetzlichen Krankenkasse. Ich spare mehr als 50 € im Monat.

*

Heute steht nun meine letzte große Bewährungsprobe vor dem Marathon an. Ich werde 25 Kilometer laufen. Mir wurde erzählt, dass die Wettkampfstrecke sehr schön sein soll. Es geht durch ein riesiges Waldgebiet. Andreas wollte ursprünglich noch einmal kommen, aber leider ist er aus beruflichen Gründen verhindert. Wir haben jedoch in letzter Zeit fast täglich miteinander telefoniert. Andreas hat Wort gehalten und mich nicht enttäuscht. Er hält zu mir, egal, was auch kommt und gibt mir immer wieder wertvolle Tipps, wenn ich selbst nicht mehr weiter weiß. Das alles kann ich nicht hoch genug einschätzen. Ich weiß nicht, wo ich heute stünde, hätte ich Andreas nicht kennen gelernt. Mit Sicherheit würde ich keinen Marathon in Angriff nehmen.

Um zum heutigen Wettkampfort zu kommen, muss ich wieder 60 Kilometer mit der Bahn fahren. Das stört mich jedoch nicht im Geringsten, im Gegenteil, ich bin für jede Gelegenheit dankbar, fortfahren zu können. Jede Fahrt zu einem Wettkampf ist ein kleiner Urlaub, auch wenn er mit einer Anstrengung verbunden ist. Es dann geschafft zu haben, ist jedoch umso schöner.

Am Wettkampfort angekommen, muss ich mich etwas beeilen. Der Zug hatte Verspätung. Trotzdem schaffe ich es noch pünktlich und mache mich mit ca. 80 anderen Läufern und Läuferinnen auf den Weg.

Am Anfang laufen wir ca. 1 Kilometer durch den Ort, dann geht es schon in den Wald. Es macht Spaß, auf diesen breiten, gut ausgeschilderten Waldwegen zu laufen und dann diese herrliche Waldluft! Ich beschließe, den Lauf heute vor allem zu genießen. Die Strecke bleibt sehr angenehm und gelegentlich stehen auch Zuschauer am Rande, die uns Beifall klatschen.

Nach knapp 2 Stunden erreiche ich das Ziel. Ich werde die zweitbeste Frau.

Am Abend telefoniere ich mit Andreas. Er gratuliert mir zu meiner Leistung und ist nun der Überzeugung, dass bezüglich meines Marathonvorhabens überhaupt nichts mehr schief gehen kann. Na ja, der muss es ja wissen. Wir plaudern heute 3! Stunden am Telefon. Das ist absoluter Rekord. Aber, so ist das nun einmal, uns geht der Gesprächsstoff nie aus.

*

Seit gestern bin ich nun hier in Wien, der Stadt, wo ich mich einer großen Herausforderung stellen will. Monatelang habe ich für den Marathon trainiert und ich hoffe so sehr, morgen erfolgreich zu sein. Wenn mir vor einem Jahr irgendjemand gesagt hätte, dass ich sehr bald einen Marathon in Angriff nehmen würde, ich hätte ihn schlichtweg für verrückt erklärt. Nicht nur, dass ich noch gar nicht mit dem Lauftraining begonnen hatte, nein, etwas anderes ist da viel entscheidender. Ich war nach meiner Pleite so tief unten wie nie. Mein Weg zurück ins Leben war alles andere als einfach. Ich hatte das Gefühl, eine komplette Versagerin zu sein, zu nichts zu taugen und war unfähig, mich zu erinnern, dass ich früher Etliches erfolgreich gemeistert hatte. Zum Beispiel den Sport. Ich hatte das Glück, dass mir in dieser Phase Menschen zur Seite standen, die mir halfen, nicht zu verzweifeln, sondern das jeweils Nächstliegende und Machbare zu tun. Meine Schuldnerberaterin half mir, Ordnung in meine Finanzen zu bringen und die Angst vor den Gläubigern zu verlieren. In der Arbeitslosenselbsthilfegruppe fand ich Gleichgesinnte, mit denen ich über meine Situation reden konnte. Auch Frau Adam vom Sozialamt unterstützte mich weiter.

Neuen Lebensmut fand ich schließlich durch meine Rückkehr zum Sport. Mir gelang es schnell, an alte Erfolge aus meiner Jugendzeit anzuknüpfen und in relativ kurzer Zeit beachtliche Leistungen bei Wettkämpfen zu erzielen. Ermutigt dadurch, weitete

ich mein Trainingspensum immer weiter aus und lief schließlich bis zu 60 Kilometer pro Woche. Durch den Sport lernte ich viele interessante Menschen kennen, allen voran meine beste Freundin Kerstin, die es immer wieder schafft, mich zu motivieren und an mich zu glauben, sowie Andreas aus Nürnberg, der mir mittlerweile zum Freund geworden ist. Ihm gelang es, seine Begeisterung für den Extremsport auf mich zu übertragen und er öffnete mir den Zugang zu einer für mich bis dahin völlig unbekannten Welt. Seine Begeisterung für Marathons, 100-km-Läufe sowie für das Bergsteigen, Eisklettern, für Extremtouren durch die Arktis und durch die Wüste, zeigte mir, dass es sich lohnt, Risiken einzugehen. Es hat keinen Zweck, ängstlich zu Hause zu sitzen und nur auf Sicherheit aus zu sein. Letztere gibt es im Leben sowieso nicht. Ich habe erkannt, trotz meiner Schulden kein Versager zu sein, sondern ein Mensch mit vielen Talenten und guten Eigenschaften. Nur wenn ich mich auf meine Stärken konzentriere und meine Talente nutze, wird es mir auf Dauer auch gelingen, meine Schulden abzuzahlen. Auch wenn ich mittlerweile mit der Tilgung begonnen habe, ist es noch ein weiter Weg bis zur völligen Schuldenfreiheit. Ich habe mich bewusst gegen die Insolvenz entschieden. Das hat vor allem den Grund, dass ich daran glaube, aus eigener Kraft, natürlich mit der nötigen fachmännischen Unterstützung, schuldenfrei werden zu können. Andreas hat immer zu mir gesagt: „Tu das, was du gern tust, nur das kannst du gut tun und nur wenn du etwas gut tust, wirst du viel Geld verdienen." Na ja, vielleicht nicht ganz so, wenn ich an meinen Salon denke, aber Mut macht er mir damit schon. Ich verdiene meinen Lebensunterhalt wieder selbst und bin nicht mehr auf staatliche Unterstützung angewiesen. Ich arbeite als freiberufliche Dozentin und als Nageldesignerin. Es gibt jedoch noch allerhand Pläne. So werde ich noch einige Weiterbildungen im Bereich Nageldesign besuchen und plane später die Teilnahme an Meisterschaften. Ich bin bei sportlichen Wettkämpfen erfolgreich, warum sollte mir dies nicht auch hier gelingen? Außerdem habe ich nach wie vor die Vision, in München noch die Ausbildung zur Visagistin für die Filmbranche zu beginnen. Dazu muss ich noch viel sparen, aber irgendwann wird es so weit sein und ich kann mir diesen Wunsch erfüllen.

Das Wort Sparen ist ein Stichwort. Ich habe es wieder gelernt, diese alte Tugend zu praktizieren. Jeden Tag stecke ich mindestens einen Euro in eine Sparbüchse. Dieses Geld verwende ich dann für Anschaffungen, kleine Ausflüge oder Reisen oder spare auch längerfristig. Es ist für mich ganz wichtig, keine neuen Schulden zu machen, aktuelle Rechnungen immer pünktlich und fristgerecht zu zahlen und dann schrittweise die alten Schulden zu tilgen.

*

Nun ist es so weit. Ich bin bereit für mein großes Vorhaben. 5.30 Uhr klingelte mein Wecker. Ich erwachte ausgeruht nach einer Nacht, in der ich erstaunlich gut geschlafen habe. Eher das Gegenteil hätte ich erwartet. Gestern malte ich mir aus, ich würde die ganze Nacht kein Auge zutun und mich von einer Seite auf die andere wälzen und dabei darüber grübeln, was alles schief gehen könnte.

Werde ich heute den Marathon wirklich schaffen? 42,195 Kilometer, das ist eine respektable Strecke! Ich habe mich monatelang darauf vorbereitet und diesem Ziel alles andere untergeordnet. Dreimal pro Woche lief ich 20 Kilometer am Stück, ernährte mich gesund und nahm auch noch 3 Kilo ab. Die Vorbereitung verlief ohne Zwischenfälle, geradezu optimal und genauso, wie es in entsprechenden Trainingshandbüchern beschrieben wird. Dies spricht für mich.

Andererseits: es wird empfohlen, einen Marathon frühestens nach zwei Jahren Trainingszeit zu laufen. Ich habe erst vor elf Monaten überhaupt wieder mit dem Lauftraining begonnen. Da frage ich mich natürlich: Bin ich wirklich ausreichend trainiert und wird mein Körper diese außergewöhnliche Anstrengung so ohne weiteres verkraften? Es war Zeit genug gewesen, das Vorhaben abzublasen. Ich hätte ein paar schöne Tage in Wien verleben können und morgen wieder nach Hause fahren.

Nein! Egal, was kommt, ich werde zum Start gehen. Ich packe meine Sporttasche. Diese muss ich nachher am Start abgeben und sie wird dann zum Ziel transportiert, wo ich sie wieder in Empfang nehmen kann. Es ist an alles gedacht, die Organisation des Rahmenprogramms zum Marathon in Wien ist vorbildlich. Man hat wirklich das Gefühl, es wird alles für uns Läufer getan, damit wir ein optimales Umfeld vorfinden. Gestern Abend waren wir alle zu einer Kaiserschmarrn-Party ins Wiener Rathaus eingeladen. Dort bekam jeder Läufer einen Kaiserschmarrn und ein Getränk. Dazu wurde uns ein kleines musikalisches Programm geboten und auf einem Bildschirm lief die Aufzeichnung des Marathons vom Vorjahr. Es tat gut, da zuzusehen. So konnte ich schon einmal im Geiste die einzelnen Stationen des Laufes durchgehen. Direkt vor dem Rathaus befindet sich das Ziel. Gestern ging ich schon einmal da hindurch und versuchte mir vorzustellen, wie es wohl sein würde, wenn ich heute da durchlaufe. Andreas gab mir den Rat, mir den Lauf gedanklich in einzelne Etappen einzuteilen und nicht am Start schon über den Zieleinlauf nachzugrübeln.

Es ist Zeit, aufzubrechen. Den Weg von meinem Hotel zum Start kenne ich schon. Nach drei Stationen mit der U-Bahn bin ich am Schloss Schönbrunn angelangt. Ich mache mich auf den Weg zur

Gepäckabgabe, dann heißt es, sich noch bis zum Start die Zeit zu vertreiben. Das Wetter könnte ideal werden, mit 20 Grad und Sonnenschein ist es weder zu warum, noch zu kalt für den Marathon. Besser kann es nicht sein. Um das Schloss herum wimmelt es nur so von Läufern. Wie beruhigend, dass es andere gibt, die das Gleiche vorhaben, wie ich. Sicher sind viele auch genauso aufgeregt. Beim Einlaufen begegnet mir eine zirka fünfzigjährige Frau, die mir verrät, dass sie heute auch ihren ersten Marathon läuft und total aufgeregt ist. Wenn die mit fünfzig so ein Wagnis eingeht, dann kann ich das auch.

Fünfzehn Minuten vor dem Start muss sich jeder in dem ihm zugeteilten Startblock einfinden. Wir starten gestaffelt, die Schnellsten zuerst und die, deren bisherige Marathon-Bestzeit über 4,5 Stunden liegt oder die zum ersten Mal starten, laufen zuletzt los. In welcher Zeit ich heute den Marathon schaffe, ist mir in dem Moment völlig gleichgültig. Nur ankommen, mehr will ich nicht.

Endlich der Startschuss! Erst geht es aufgrund der Vielzahl von Läufern überhaupt nicht vorwärts, dann langsam im Schritttempo weiter. Na bitte, den ersten Kilometer habe ich schon geschafft. Nun nur noch 41,195 Kilometer. Auf dem 2. und 3. Kilometer verteilen sich die Läufer nach und nach und es geht langsam in ein Lauftempo über. Ich bin sehr langsam. Ich möchte den wichtigsten

Ratschlag beherzigen, den mir erfahrene Marathonläufer gegeben haben: nur nicht zu schnell loslaufen! Wenn du am Ende noch Kraft hast, umso besser, dann kannst du noch einmal schneller werden, aber bloß nicht schon am Anfang voll auspowern!

Dann Kilometer 5: Hier befindet sich die erste Verpflegungsstelle. Obwohl ich weder

hungrig, noch durstig bin, trinke ich ein Wasser und esse einen Apfel. Es sei ganz wichtig, keine Verpflegungsstelle auszulassen, auch dies ist ein wichtiger Ratschlag. Nach der kleinen Stärkung laufe ich weiter in langsamem Tempo. Der 5-km-Punkt ist auch der Wendepunkt der Straße, von dort aus geht es wieder zurück zum Start und dann Richtung Wiener Innenstadt.

Jetzt kommen auch kleine Höhenunterschiede. Das zehrt nun das erste Mal an den Kräften. Immer mit der Ruhe! Das großartige Publikum am Rande der Strecke erleichtert manches. Unzählige Zuschauer säumen die Straßen. Ich fühle mich richtig getragen von der prächtigen Stimmung.

Bei Kilometer 18 habe ich plötzlich das Gefühl, meine Beine würden schwer und ich könne vielleicht nicht mehr weiter. Durchhalten. Jetzt noch 3 Kilometer bis zum Halbmarathonpunkt. Dort kann ich mich ausgiebig stärken und wenn es wieder geht, dann weiterlaufen! In dem Moment weiß ich, was der Ratschlag von Andreas, sich den langen Lauf in einzelne Etappenschritte zu unterteilen, wert ist.

Tatsächlich bietet der Halbmarathonpunkt bei Kilometer 21,1 viele Möglichkeiten, sich zu stärken. Ich dusche mich mit Wasser ab und stärke mich ausgiebig mit Wasser, isotonischen Getränken, Bananen, Äpfeln, Butterbrot. Ich gehe die nächsten Kilometer im Wiener Prater an. Immer einen Fuß vor den anderen setzen, mit jedem Schritt komme ich dem Ziel näher.

Kilometer 35 ist bei Marathonläufern besonders gefürchtet. Dies ist der so genannte tote Punkt, wo man oft das Gefühl hat, es geht nicht mehr weiter, man ist nur noch erschöpft und glaubt, man schafft es nicht mehr ins Ziel und der ganze Lauf bis hierher war umsonst. Auch ich habe Angst vor diesem Punkt, nehme mir jedoch vor, auf jeden Fall weiterzulaufen, wenn es irgendwie geht. Meine Sorge ist unbegründet. Ich hatte meine Schwächeperiode in der Mitte der Strecke, hier am Kilometer 35 fühle ich mich prächtig und noch stark genug, für die letzten Kilometer, die dann wieder durch die Innenstadt führen, noch einmal meine Kräfte zu mobilisieren. Ich überhole andere Läufer. Bei Kilometer 38 stärke ich mich noch einmal ausgiebig. Ich fühle mich prächtig. Ich werde es schaffen. Noch ein paar Kilometer, dann werde ich vor dem Wiener Rathaus jubelnd durchs Ziel laufen. Ich habe das Gefühl, von den Zuschauern regelrecht ins Ziel getragen zu werden. Dann das Ziel in Sichtweite. Jetzt der

Schlussspurt. Kein Problem für mich! Also hatte ich mir das ganze Rennen sehr gut eingeteilt. Kilometer 42: Nur noch 195 Meter! Ich schaffe es, laufe durch die Ziellinie und reiße die Arme hoch.

Ich bin ab jetzt eine erfolgreiche Marathonläuferin. Sicher werde ich eine Zeitlang brauchen, um mich an diesen Gedanken zu gewöhnen. Ich erfahre meine Zeit: 3 h 40 min. Ich bin also unter 4 Stunden geblieben. Eine traumhafte Zeit für eine Anfängerin. Noch 2 bis 3 Stunden nach mir kommen Läufer ins Ziel und sind genauso glücklich wie ich.

**E N D E**

Dies ist meine Geschichte.

Um die Menschen zu schützen, die mich durch diese schwierige Zeit meines Lebens begleitet haben, wurden ihre Namen und ihre persönlichen Hintergründe so verändert, dass die Privatsphäre des einzelnen gewahrt bleibt.